JN198229

RUNT! CRAIG SILVEY

ラント！

クレイグ・シルビー 作　田中奈津子 訳

RUNT
by Craig Silvey

装画 くのまり　装丁 西村弘美

クレアへ——CS

マックスへ——SA

CONTENTS

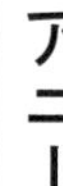

アニー

アニー・シアラーは、アプソンダウンズの町に住んでいる。

十一歳で、年のわりに背は低い。髪も目も茶色い。

家族がいとなむ羊牧場で、父のブライアン、母のスージー、兄のマックス、祖母のドリーと暮らしている。

町の人たちは、アニーはちょっと変わっていると思っている。

どんなに楽しくても、笑っているのを見たことがない。

どんなに悲しくても、泣いているのを見たことがない。

どこへ行くにも、古い革の道具ベルトを腰に巻きつけている。何かを修理したい時にすぐに道具を出せるので、たくさんポケットのついたこのベルトを、アニーはとても便利だと思っている。

アニーはたいてい一人で過ごしているので、さびしいにちがいないとみんなは心配している。けれど、じつは特別な友だちがいて、とても楽しいのだ。

その友だちは犬。

名前はラント。

＊

アニー自身も、ちょっと変わっていると思っているけれど、これが変だとか、おかしいだなんて思っていない。人にはみんな個性がある。同じ人なんていない。一卵性双生児だって、興味のあるものは別だ。だから世の中はおもしろいのだ。

アニーは、隠れた才能を持つめずらしい生物についての本を読むのが好きだ。

たとえば、真っ暗な深海には、光るちょうちんを頭から突き出している魚がいる。チョウチンアンコウだ。

オーストラリアの森には、聞いた音をそっくりまねできる鳥がいる。コトドリだ。

アフリカには、自分の鼻水でできた泡の中で生活するカエルがいる。アフリカウシガエルだ。

そして、アプソンダウンズには、ラントがいる。

ラントはなんの音もまねできないし、頭からちょうちんも突き出していないし、鼻水の泡の中で生活もしていないけれど、ものすごい隠れた才能がある。

＊

さて、アニーは今、学校にいる。

とても暑い火曜日の午後、フォームズビー先生が嵐についての授業をしている。先生は水の循環を示す図を指さした。

「……そして、水蒸気は空へ上昇していくと、集まって凝結し、このような黒い雲になります。それが重くなって、これ以上持ちこたえられなくなると、落ちていきます。それはふつう、なんといわれていますか？」

先生は持っていた紙で顔をあおぎながら、教室の生徒をぐるりと見わたした。

手をあげたのは一人だけ。アニーだ。

いちばん後ろのはしにすわっているケン・バッシュは居眠りをしている。

「ケン、わかりますか？」

ケンははね起きて背中をのばし、どうしてここにいるんだろうというような顔で、きょろきょろした。

「えーと、そのう」ケンは顔をしかめ、あてずっぽうをいった。「三百七十五ですか？」

クラスじゅうがくすくす笑い、先生はため息をついた。

「ちがいます。算数は午前中ですよ、ケン。答えは、雨。空から降ってくるものは雨です。はい、もういいです」

ところが、ケンはよくなかった。

「三百七十五っていうのは、アプソンダウンズにこの前雨が降（ふ）ってから、何日たったか、の数字です。今朝、父さんがそういってました」

「本当に？」と、先生。

「本当です！」クラスじゅうがいっせいにいった。

「ひどすぎるわ！　あたし、月に一度しか洗髪（せんぱつ）させてもらえないんだから」美しくあることが何より大事な、クローディア・ベロアがいった。

「せんぱつってなあに？」美しさなんてどうでもいいフィオナ・グラッジがいった。

「これ以上日照りが続いたら、農場を売るしかないかもって、母さんはいってる」と、ダスティン・ブレイショー。

「うちの親もいってる！」

「うちも！」

「うちはもう売っちゃったよ」ベン・グエンが静かにいった。「おじさんとおばさんのいる町へ引（ひ）っ越（こ）して、いっしょに住むんだ。ほんとは行きたくないけど」

みんな、ベンがかわいそうだと思った。いちばん後ろの席にいるアニーもそう思った。アニーはゆるんだいすのねじをしめているところだった。

物を直すことが、アニーの隠（かく）れた才能（さいのう）だ。調子の悪いものがあれば直したくなる。けれど、仕組みが複雑で、どうしたらいいかわからない時もあるし、あまりにも大きな問題で、腰の道具ベルトではどうにもならないこともある。

日照りがいい例だ。

家族が家を失うかもしれない、という問題もそう。

その時、車のクラクションが教室に鳴りひびいた。みんなは話をやめた。クラクションがまた鳴った。

「アニー！　アニー！」

アニーの父ブライアン・シアラーが、教室の外の芝生にピックアップトラックを止めていた。肩幅のがっしりした大きな男で、あごひげが顔のまわりをとりまいている。

フォームズビー先生は窓から首を出した。

「シアラーさん、お子さんを迎えにこられるのなら、もう少しまともな方法で。終業のベルが鳴ってから、駐車場に車を止めて、正面玄関からどうぞ」

「緊急なんです！」

「またですか？　今月三回目ですよ！」

「すみません、どうしようもなくて」

ブライアンはまたクラクションを鳴らした。

教室では、もうアニーがねじ回しを道具ベルトにもどし、教科書をかばんにつめていた。

そして、すばやく出口へ向かった。

「すみません、先生。宿題はもうやりました。先生の机の上にあります」

アニーは廊下へ走り出ると、正面玄関をかけぬけ、ピックアップトラックに飛び乗った。

この問題は、アニーにしか解決できない。

もちろん、ラントの手助けも必要だけど。

アプソンダウンズの町

ブライアンはアプソンダウンズの大通りを運転している。

空っぽの商店をいくつも通りすぎる。窓には、「売り物件」とか「貸店舗」といった看板が打ちつけてある。花屋とアンティークショップも通りすぎた。銀行、肉屋、コンビニも。ゴールデン・フリースという、町でただ一軒残っているパブも。だれも使っていない公会堂に、荒れはてた鉄道の駅も。ビッグ・ラムという大きな羊の銅像も。銅像は角が一本折れ、片方の目がなくなっている。像の下の看板には、「ようこそこの町へ、メ〜!」とある。

でも、だれもこの町へ来ないのだ。

百年以上ものあいだ、アプソンダウンズは繁栄していてにぎやかだった。人口は数千人、羊の数はそれより多い。世界一すぐれた羊毛を生産する町として、有名だった。パリのデザイナーや、ロンドンのサビル通りの高級紳士服の仕立屋に、最高品質の羊毛だと称賛されていた。大きな川や小さな川が大地をうるおし、広大な平原やくぼ地は緑でおおわれていた。動物や植物でいっぱいの、美しく活力のある土地だった。レストランやお祭りや、ダンスホールやスポーツクラブがたくさんあった。家畜小屋やバザーや慈善事業もたくさんあった。オーストラリアじゅうから集まる人々を、アプソンダウンズの町は歓迎していた。

ところが、一人の男のせいで、何もかもだめになってしまった。

*

ブライアンのおんぼろトラックは、中央線のない一車線道路をがたがた走っている。あたりには、草の枯れた放牧場がいくつか見える。

「また早引きさせちまって、すまんな」ブライアンがいった。

「いいよ」

「おもしろい授業だったんじゃないか?」

「嵐について勉強してた」

「そうか。そんならちょっとは役に立てるぞ。ウォリーじいちゃんは、ある意味嵐の研究家だったからな。雨雲を作るなんつって、突拍子もない機械の話をしてたよ」

アニーはへーっという顔を向けた。

「ほんと?」

「そうさ。雷を引き寄せるんだと。電流が水滴を帯電させて、重くするんだとさ。さっぱりわかんなかった。じいちゃんは頭がよかっただろ。だから、いろんなアイデアがうかぶんだよ」

「それ、書きのこしてあるかな？」

「さあね。おれは興味なかったからな」と、ブライアン。

いや、もうおそい。アニーは興味をもってしまった。

＊

ブライアンはシアラー牧場の古い木造の母屋の外に、土けむりを巻き上げながらトラックを止めた。

木で作った犬小屋のかげに、ラントがすわっている。

ラントは三歳だが、年のわりには小さい。毛の色も目も茶色い。なんの犬種か、アニーは知らない。ケルピー？　ヒーラー？　シェパード？　テリア？　全部入っているかもしれないし、全部ちがうかもしれない。アニーはそんなの気にしていない。ラントはラントで、重要なのはそれだけだ。

ブライアンは運転席の窓を下げ、口笛を吹いた。

「おいで、ラント！　こっちだ！」

ラントは動かない。

「おい、どうした！　車に乗れ！」

ラントはびくともしない。

ブライアンはアニーのほうを向くと、にやっとウィンクした。

「ま、とにかくやってみてはいるのさ」

アニーの母のスージーと、祖母のドリーも外へ出てきた。ドリーはせきこみながら、べとべとの敷物のほこりを払った。ドリーは青いデニムのオーバーオールに、そでをまくりあげたフランネルのシャツという格好だ。白髪のショートヘアに、茶色の革ブーツをはいている。

「ブライアン、あんたのいうことは聞かないんだよ、ばかだね！　アニーをつれといで！」

「もういるよ、おばあちゃん！」

ドリーはかがんでトラックの中をのぞいた。

「あれま！　もういるのかい」

「羊、また出てこなくなっちゃったの？」スージーがたずねた。

「そうなんだ」

ブライアンはトラックからおりると、ドアを開けたまま、スージーとドリーを追い払った。

「早く！　家にもどって！」

スージーとドリーは家へ入った。ブライアンも家のかげに隠れて、見つからないように
そっとのぞいた。

ふたりきりになると、ラントはアニーを見て、アニーもラントを見た。アニーがかすかにあごをくいっと上げると、ラントはかけ出し、トラックに飛び乗って、うれしそうにアニーのひざにすわった。

ブライアンはにっこりして、首をふった。

それから、急いでトラックへ走った。もう時間がないのだ。

収集家アール

シアラー牧場から道をへだてたむこう側には、白い木の柵で囲われた青々とした牧草地が、何百エーカー（一エーカー＝約四〇四七平方メートル）も広がっている。その広々としたオアシスには、つややかな毛並みのサラブレッドが数十頭もはねまわっている。

鉄の門から入ると、長い私道がくねくねとけわしい丘を登り、砂岩造りの大邸宅へと通じる。この屋敷から、一人の男がアプソンダウンズの乾燥しきった平原を見おろしている。

男の名は、アール・ロバート＝バレン。

屋敷には六十もの部屋があるが、アールは一人で住んでいて、だれ一人お客を招いたこともない。

庭師たちがテニスコートをぴかぴかに手入れしてはいるが、アールは一度もラケットを手にしたことはない。手にするものといえば書類だけ。アールはたいへん優秀な弁護士なのだ。

アールの土地には広大なブドウ畑があり、毎年、国でいちばんのワイン醸造業者をやとって、ブドウを手摘みさせ、オリジナルのワインを造らせている。ところが、アールはそのワインを一口も飲んだことがない。一本残らず暗い地下の貯蔵室に保管してある。

なぜなら、アールは物を集めるのが大好きだから。

飲むでもなく、楽しむでもなく、味わったり称賛したりするでもない。ただ、所有するのが好きなのだ。

名画もたくさん所有している。パブロ・ピカソ、ヨハネス・フェルメール、レオナルド・ダ・ヴィンチ、そしてフィンセント・ファン・ゴッホ。どの絵も壁にはかかっていない。ビニールでおおわれ、空調のきいた保管室にしまわれている。

アールはまた、ディケンズからダーウィン、オースティン、トルストイにいたるまで、貴重な本のつまった図書室を所有している。もちろん、一ページも読んだことはない。

ベートーベンが使ったピアノ、ナポレオンの香水瓶、シェイクスピアが使った羽根ペンも持っている。彫刻作品、金と宝石でできたイースターエッグ、中世の道具、月の石、ほかにも歴史的価値のあるものを数えきれないほど持っている。

美しさを愛でるわけでもなく、重要性に敬意を払うでもない。他人が持てないものを持つこと、他人が見たくてたまらないものを隠していることがうれしいのだ。そうすることで、自分の力の強さと存在価値を感じている。

アールがもっとも大切にしているものは、自分の土地の真ん中にある。きれいな水を満々とたたえた、深くて巨大なダムだ。

ダムを造るのはたやすい。ビーバーだってなんなくできる。流れる川と、地面に大きなくぼみがあれば、せき止める壁を作ればいいだけだ。

アール・ロバート＝バレンがアプソンダウンズに来る前には、高い山から勢いよく流れてきた川が、いくつもの小川に分かれて、町じゅうに水を供給していた。家畜の群れに十分水を与えても、水はあとからあとから流れてきた。年々雨が少なくなってきたので、農民たちは川の水にたよっていた。

そこへアールがやってきた。バスタブに栓をするように、アールは川をせき止め、すべての水を自分のものにした。アプソンダウンズの平原に流れていた小川は乾き、牧草はしおれ、町もしぼんでしまった。

アプソンダウンズ産の羊毛は質が落ち、パリのデザイナーやロンドンの仕立屋にはそっぽを向かれた。

人々も来なくなった。列車も走らなくなり、駅は閉鎖された。レストランや店はやりくりに苦労していたが、やがて閉店していった。お祭りもやらなくなった。ダンスもスポーツも。

農民たちは、土地を売って出ていくしかなくなった。乾ききった放牧場を安い値段で買おうという男が、ただ一人。

アール・ロバート＝バレンだ。

アールは残酷なだけでなく、ずるがしこくもある。

その土地の所有者になったとたん、アールはダムからイカの触腕のような長いパイプを引いて、空っぽのタンクや飼い葉おけに水をもどし、乾いた土に命をふきこんで、価値ある土地によみがえらせるのである。

けれど、またその土地を売ってもうけようというのではない。アプソンダウンズの町を、少しずつ収集しているのだ。家や希望や歴史や生活を集めつづけていて、全部集め終わるまで、やめるつもりはない。

魔法の指

羊は頭が悪いと、いわれのない評判を立てられている。まぬけで、自分の意思がなく、すぐに混乱すると。が、それはあんまりだ。たとえば、羊はとても記憶力がいい。おいしい草がどこにあるか決して忘れないし、どこへ行けばちゃんと水が飲めるか、絶対に忘れない。

世界的に優秀なシェフが用意したおいしい食べ物が、広大なテーブルにたっぷり並んでいるところを思いうかべてほしい。アールの牧草地は、ブライアン・シアラーの羊たちにとって、ちょうどそれなのである。がまんできるわけがない。そういうわけで、ブライアンがぐらぐらの古い柵をいくら修理しても、羊たちは柵を押しのけて道路をわたり、アールの土地にもぐりこむ。

アールの土地の草は、ブライアンのところのよりずっとずっと緑で、それはもう天国だ。羊たちはメーメー鳴いてはねまわり、ひづめを立てて小走りする。みずみずしい草をたらふく口につめこみ、アールの作ったダムの新鮮な水で、おなかに流しこむ。

そして今日、アニーが学校で雲はどうやってできるかについて勉強しているあいだに、アプソンダウンズの郊外で嵐が起ころうとしていた。また、羊が柵から出てしまったのだ。アールは、昔は海賊黒ひげのものだった真ちゅうの望遠鏡で、そのようすを目撃した。

アールはすぐさま電話の受話器をつかみ、ボタンをバンバン押した。冬眠中のクマを起こしそうな勢いだ。そして、ブライアン・シアラーにどなりちらしていたが、ブライアンが電話を切ってアニーを迎えにいったことにも気がつかず、ずっとどなりつづけていた。

*

ブライアンのピックアップトラックは、アールの私道を猛スピードで登り、屋敷の外で止まった。

玄関前の石の階段に、アールがいらいらして立っている。この暑いのに、銀のボタンが二列ついた濃紺のジャケットに、紫色の絹のネクタイ姿だ。ウィンストン・チャーチルのものだった金の懐中時計を手にしている。

アールの体形は異常だといわざるをえない。腕も脚も細く、がりがりの顔にがりがりの首だ。なのに、おなかはまんまるく突き出ていて、まるでシャツの中にウォンバットを隠しているようなのだ。

とがった鼻に、きらきら輝く小さな丸い目、いつも少しいらついているような表情をしている。もっとも、今は少しどころか、ものすごくいらついているけれど。

トラックの中で、ブライアンはアニーとラントにささやいた。

「まだここにいるんだ。おれがやつを家ん中に入れるから、そしたらやってくれ」

「わかった」アニーもささやき返した。

ブライアンはトラックをおりた。そして両手を広げ、にこにこ顔になった。

「アール！　元気そうじゃないか」

「シアラー、あんたの羊がまた不法侵入し、現在水を窃盗している！」

「そんなに大声出さんでも聞こえるよ。じゃ、ちょっと――」

「これで今月三回目だ」アールはつづけた。「わたしの土地からあと十分きっかりでつれ出せ。さもないと、羊憲章違反で、全部つかまえてやる」

「羊憲章だな。もちろんそうだ」

ブライアンはアールを屋敷の中へつれていこうとした。

「何をしている？　手を離せ」アールがいやな顔をした。

「ちょっと、中で話し合おうじゃないか、その、羊憲章について」

「わたしの家へ入ろうっていうのか？　羊と同じで、救いようがないな」

「何をいってるのかよくわからんけど、まあいいさ。そんなら、建物の裏へ行くのはどうだい？」

アールは拒否した。

「いやだ！　チェスの駒のようにあちこち行くものか。羊をここから出せといっているんだ！」

「いやその、ちょっと問題があって――」

アニーがトラックから首を出していった。

「ラントは、あたし以外の人がいると、動かないんです、ロバート＝バレンさん」

子どもに意見されるのに慣れていないアールは、混乱した。

「いったいどういう意味だ？」

「アニーのいうことしか聞かないんだ。本当さ、おれも何度もやってみたがね」ブライアンがいった。

「そんな話、聞いたこともない！　ばかばかしい！」

「そうとも限らないんです」アニーがいった。「たとえば、クイーンズランド州には、おしりの穴から呼吸するカメがいるんです」

アールはびっくりしてアニーを見つめた。そしてとうとう、両手を上げた。

「わかった、シアラー。少しのあいだなら、家へ入ってもいい。ただし、そのきたない長靴は脱ぐように」

アールは大きな木のとびらを開いた。ブライアンは泥(どろ)だらけの長靴(ながぐつ)を脱(ぬ)ぎながら、階段(かいだん)をぴょんぴょん上がった。そして、アニーのほうにふり向くと、親指を上げてみせた。

両開きのとびらがしまると、アニーは開始した。

「おいで！」

ラントはトラックから飛びおり、アニーについていった。アニーの足元に寄(よ)りそって、いっしょに走る。

アニーは魔法(まほう)の杖(つえ)のように指をふり、あれこれ指示(しじ)を出した。

「跳(と)べ！」というと、ラントはアテネ時代の彫刻(ちょうこく)を軽々と跳(と)び越(こ)えた。

「ふせ！」というと、急ブレーキをかけて、ベンチの下にもぐりこむ。

「ゴロン！」というと、ピンクのペチュニアの花壇(かだん)でごろんと回転する。

「ゴー、ゴー、ゴー！」というと、草原を突(つ)っ切ってかけていく。

「もどれ、もどれ、もどれ！」というと、大急ぎでもどる。あんまり速くて茶色い足の動きがぼやけて見えるくらいだ。

「ジグザグ！」アニーがブドウ畑に近づいてこういうと、アールのブドウの木のあいだを、すばやくジグザグに走る。

ラントは機敏(きびん)で曲芸師(きょくげいし)のようだ。アニーは指揮棒(しきぼう)を持った指揮者(しきしゃ)で、オーケストラのようにラントをあやつる。すばらしい見ものだが、惜しいことにだれも見ていない。これはアニーとラントのためだけの、秘密のコンサートであり、空っぽの劇場で上演される美しいバレエなのだ。

アニーが「のぼれ！」というと、ラントは柵の柱に飛び乗り、アニーの魔法の指にしたがって、柵の上をバランスよく歩く。

「おりろ！　ゴー、ゴー、ゴー！　まわれ、まわれ、まわれ！」というと、馬の放牧場へ飛びこみ、白い牡馬のまわりを目がまわるような速さで走る。馬はその場でぐるぐるまわっている。

「もどれ、もどれ、もどれ！」というと、舌をだらりとたらしながらもどってくる。

「オーケー、ラント。羊を集めにいこう」アニーがいった。

＊

羊たちはダムで静かに水を飲んでいた。ラントとアニーが近づいていくと、いっせいに頭を上げた。

休日は終わったのだ。

羊たちは向きを変えると、町の水をさえぎっている土手の急勾配をかけおりてきた。

そして、広大な草地にばらばらに広がった。

アニーが魔法の指で指示すると、ラントは羊の群れの後ろを走った。

「まわりこんで！　ぐるーっと！　後ろへ！　よし！」

ラントは群れの外をかけまわり、あちこちへ行こうとする羊を群れにもどす。アニーは口笛を吹いたり、手をふったり、叫んだりしながら、ラントの後ろを走って、交通整理をする人のように指示を出した。

「待って！　後ろへ！　まわりこんで！　よし！」

まもなく羊たちはぎゅっとひとかたまりになった。足が何百本もある一匹の動物のようだ。アニーは後ろから追い立て、ラントは横を走って、かたまりがくずれないようにした。

羊たちは催眠術にかかったようにおとなしくなった。ゆったりと落ち着いてくぼ地へおりていき、かつて水が流れていた川床を歩いていった。

やがて、アールの土地のいちばんはしの門に集まった。アニーがつま先立ちでかんぬきをはずすと、羊たちはおとなしく出ていった。群れから逃げ出したやつは追いかけていくぞと、ラントは後ろからにらみをきかせている。羊のほうも心得たものだ。まるで兵士の連隊のように二列になって、乾いた川床を行進し、シアラー牧場へもどっていった。

＊

アールは屋敷の部屋で望遠鏡を目に当て、自分の土地から最後の羊が出ていくのを見た。

懐中時計を確認する。

「ちょうどあと一分」

ブライアンはうなずいてにっこりした。

「いいコンビなんだよ」

アールは大きなオーク材のデスクのいすに腰かけた。近くの棚には、先祖たちの胸像が並んでいる。みんな、法廷弁護士用のカールした白髪のかつらをつけている。ロバート＝バレン家六代の、まじめでいかめしい冷たそうな先祖たち。

部屋の一つの壁には、革の表紙の分厚い法律書がぎっしり。契約法、家族法、国際法、プライバシー法、水道法、農業法、税法、刑法、法についての法律もある。

しかし、ブライアンの目を引いたのは、イーゼルに乗ったアプソンダウンズの地図だった。このあたりの全牧場が境界線で示されている。アールは、自分が手に入れた土地を緑色のマーカーでぬっていた。

ブライアンは、自分の牧場が緑色に取り囲まれているのを見て、恐ろしさに胃がひっくり返った。

アールが指をパチンと鳴らしたので、ブライアンはわれに返った。

「シアラーくん、次はもう寛大な処置は取らんよ。今度あんたの羊がうちの土地に侵入したら、羊の所有権がわたしに移るという令状を出す。別にあの羊がほしいわけじゃない。たいした毛並みじゃないからな。グレーハウンド犬みたいにがりがりだし。あんたの父さんが見たら、どんなに嘆いたことか。あの人は品質のいい羊毛を生産すると評判の、りっぱな人だったが、その名誉を傷つけられて恥ずかしいだろう。もっとも、最近は町じゅうがさびれているようだが。嘆かわしい」

　ブライアンは怒りで真っ赤になった。

「ああ、そうだよ、アール。このあたりはどんどんだめになってる。それっていうのも、あんたが水を盗んだからってことじゃないのかね」

「盗んだだと？　わたしの土地にあるものはわたしのものだ。あんたの羊が今度入ってきたら、羊もわたしのものになる。公明正大な措置だ。わたしは常に、厳正に法にのっとって行動している。疑うなら、法的手段に訴えたらいいだろう」

「あんたも知ってのとおり、おれの父さんは何年も法的手段に訴えてきたけど、あんたが延ばしに延ばし、中断したり逆提訴したりして、こっちの裁判費用がなくなるまで、きたない手を使ったんじゃないか」

　アールはいすにふんぞり返った。

「シアラーくん、経済状態が厳しいのなら、よろこんで公正な値段であんたの土地を買いますよ」

「公正だなんて、笑わせせんな。おれの家を売りわたすくらいなら、あのばかばかしいかつらをかぶったほうがましだ。もう行く」

ブライアンはロバート＝バレン家の胸像たちに、帽子をあげてあいさつした。

「じゃ、失礼」

そういうと、アールの屋敷から出ていった。

マックスは最高

アニーのお気に入りの動物に、ミツアナグマがいる。

名前の通り、好きな食べ物はハチミツで、アナグマの仲間だ。

そういうととても風変わりでおだやかな動物のようだが、ミツアナグマはその隠れた才能で有名だ。地球上でもっとも勇敢な動物なのである。けんかっ早く勇ましいので、身の安全などこれっぽっちも考えずに、危険なことをする。自分より何倍も大きなライオンに向かっていったり、ヤマアラシのにおいをかいだり、カバをにらみつけたり、ワニを追いかけたりする。

アニーがことさらミツアナグマをお気に入りなのは、兄のマックスに似ているからだった。

マックスは十三歳。ミツアナグマと同じく甘いもの好き。それより何より、マックス・シアラーはこわいもの知らずなのだ。

マックスの夢は、命知らずのスーパーヒーローになること。自分が出演する動画を撮って編集し、ユーチューブに流しているので、どんな偉業を成しとげたのか見ることができる。トラクターの古タイヤの中に入って、丘を転がり落ちたり、毒ヘビをつかんだり、幽霊が出るといううわさの廃墟ビルを探検したり、桶の中のにごり水に沈んで息を止めたり、ロデオのカウボーイよろしく、不機嫌な牡羊にまたがったり。

あいにく、努力のかいなく、マックスはまだ世界的な名声をとどろかせてはいない。そこで、新作を撮るたびに、マックスのスタントはより複雑で危険なものになってきている。アニーとラントが羊をもどし、ブライアンが境界の柵を直しているあいだ、マックスは最新作を撮る準備をしていた。

一九八〇年代のあざやかなオレンジ色のヘルメットに顔の半分もある飛行士用サングラス、深緑色に白いラインの入ったトレーニングウェアといういでたち。銀色のＢＭＸ「モトクロス用の自転車」にまたがり、柱に乗せたカメラに向かって、熱心に話している。

「みなさん、こんにちは。〈マックスは最高〉チャンネルのマックス・シアラーです。オーストラリアからすごいスタントを披露しています。今日のスタントはかなりレベルアップ。〈金環〉と呼ばれるものです。この自転車の両方のタイヤに火をつけて、後輪で立ち上がり、この坂を上って柵を跳び越え、着地するというものです。たぶん今までの動画でいちばん高評価になると思います。というわけでみなさん、口コミをよろしく。今週チャンネル登録が二十五人になったので、すごくうれしいです。『いいね』とコメントをお忘れなく。じゃ、行ってみよう！」

マックスは視聴者に親指を上げてみせると、自転車をスタートラインまで転がしていった。そしてひざまずき、マッチをすって、前後のタイヤに火をつけた。タイヤはたちまち火の輪になり、黒煙を上げた。マックスはすぐに自転車にまたがった。

ちょうどその時、息子のばかなおこないを本能的に感じたか、またはゴムの燃えるにおいに異変を感じたか、あるいはその両方かもしれないが、母親のスージー・シアラーが家から出てきた。あたりをぐるりと見まわした時、息子のズボンに火が燃え移ったのが見えた。

「マックス！」

スージーはかけ出し、途中物干し綱からぬれタオルをひっぺがした。マックスはというと、火がまわらないうちにズボンを蹴って脱いだ。スージーは息子と燃える自転車を、ぬれタオルでばんばんたたいて、火を消し止めた。

アニーとラントと羊たちは、近くの囲いに入っている最中だったが、みんな足を止めて見つめた。ブライアンは、輪になった針金を肩にかけてもどってきたところで、やはり立ち止まって見つめた。なんだこれは？　ズボンをはいていない息子に、タオルで自転車をたたきまくっている妻。

「おい！　それ、おれのサングラスじゃないのか？」ブライアンが大声でいった。

ラント

夕暮れ時、ラントは犬小屋のそばでしんぼう強くすわっていた。

アニーがマッシュ社のドッグフードの紫色の缶を開けるのを、よだれをたらしながら見ている。茶色い円筒形のぶよぶよしたドッグフードがゆっくり出てきて、ボウルに落ちる。ペチャッという音が、まるでイカのくしゃみのよう。

気味の悪いドッグフードだが、ラントのお気に入りの食事なのだ。

ラントにとって、マッシュ社のドッグフードは食べ物以上の意味がある。愛と忠誠。幸福と感謝。そして家。

「いい子ね、ラント。たくさん食べて。全部あんたのだよ」と、アニー。

ラントはほんの数口で、ボウルのえさをたいらげた。

*

ラントがどこからどうやってアプソンダウンズに来たのか、だれも知らない。貨物列車に飛び乗って、町から来てしまったんだという人がいる。ペットの犬だったのに、道路のわきに捨てられたんじゃないかという人もいる。野犬の生まれで、群れからはぐれたんだろうという人もいる。

いずれにせよ、ある日小さな茶色い犬がアプソンダウンズにあらわれて、世話する人がだれもいなかったのだ。

その犬は町をうろついて、なんとか生きのびようとした。肉屋やパン屋の裏のごみバケツをあさった。畑で野菜をかじり、裏庭のくだものの木をかぎまわった。鶏小屋から卵を盗んだ。スーパーマーケットにしのびこみ、棚から食べ物をかすめ取った。パブのゴールデン・フリースに入って、皿からチキンカツを盗んだこともある。

この小さな茶色い犬はずうずうしく盗みをはたらくと、ひどく評判が悪かった。ついた呼び名が「リトル・ラント（ちびのできそこない）」。この犬のせいで町の人たちは迷惑していた。この犬が近づくとみんな、しっしっと追い払うかつかまえようとする。中でも、地域のパトロールをおこなっているダンカン・ベイリーフ巡査は、つかまえることに執念を燃やしていた。

ベイリーフ巡査の頭は、この犬のことでいっぱいだった。毎日パトロールしては、うまくすりぬける敵を探していた。犬が何かやらかしたとか、あそこにいたとかいう情報を得ると、何をさておいてもパトカーに飛び乗り、サイレンを鳴らして突っ走る。

ベイリーフ巡査は、自分のことをすばらしいアスリートだと思っている。野球なら取れないフライはないし、ラグビーならどんなミッドフィルダーにも追いついてタックルできる。足の速さはだれにも負けない。法の番人という仕事について以来、どんなに逃げ足の速い犯人でも、一人残らずつかまえてきたのだ。

一匹を除いては。

ラントと呼ばれているあの犬。

ラントはウナギのようにすり抜け、キツネのようにずるがしこい。ウサギのようにすばしこく、ガゼルのように飛びはね、猿のように登る。活発で機敏で頭がいい。ベイリーフ巡査は、先っぽに輪なわのついた長い棒をふりまわして追いかけるけれど、ラントはひょいっと身をかわし、くねくね走り、フェイントをかける。車を跳び越え、柵をくぐり、やすやすと塀をよじ登る。

町の人たちはしばしばこの捕り物に加わって、ラントをつかもうとしたり、飛びかかったり、わなでとらえようとするが、ラントはすべてすり抜けて、ジャングルのクロヒョウのように陰に消えるのだ。あとに残されるのは息も絶え絶えな人々と、くやしそうな巡査が一人。

当然のことながら、ラントは人間をこわがるようになった。いつも人間から遠く離れていた。夜はたいてい、ビッグ・ラムの銅像の下で眠る。冬じゅう寒くてふるえ、空腹に身もだえした。

ラントはひとりぼっちだった。

そんな時、アニー・シアラーと出会ったのだ。

＊

アニーもひとりぼっちだった。

学校では毎日、みんなが遊んでいる校庭のすみっこのペパーミントツリー［オーストラリア西部に自生する大木。葉は細長く、ペパーミントのにおいがする。ユーカリの仲間］の下で、お昼を食べていた。ある日、いつものように一人でお昼を食べていると、小さな茶色い犬が、学校の敷地の外からこっちを見ているのに気がついた。アニーが手をふると、犬は頭を低くして、伸び放題の草に隠れた。

アニーは立ち上がって近づいていった。ラントはこわがってあとずさりした。そこでアニーは立ち止まり、ピーナツバターサンドイッチを半分地面に置いて、元のところにもどった。

ラントは用心深くアニーを観察していた。

昼休み終了のベルが鳴り、みんな教室へと走っていった。アニーは最後になってしまった。校舎の角を曲がる時にふり返ると、小さな茶色い犬がサンドイッチにそろそろと近づき、さっとくわえて走り去るのが遠くに見えた。

次の日、ラントはまたそこにいた。好奇心いっぱいの目でアニーを見つめているが、まだ用心している。アニーはまたサンドイッチを半分置いた。ベルが鳴ると、ラントはそれを食べた。

その次の日、ラントはまた待っていた。アニーは自分のお昼を食べる前に、ラントのために半分置いた。この日、ラントはベルが鳴るのを待たなかった。アニーから目を離さずに、ゆっくりと用心深く、猫が獲物にしのびよるように近づいてきた。そしてサンドイッチのにおいをかぐと、がぶっとくわえて走り去った。

それから毎日、アニーはサンドイッチを置く位置を、少しずつ自分に近づけていった。ラントはしだいに慣れてきて、とうとうある日、ペパーミントツリーの下のアニーのすぐそばでサンドイッチを食べた。食べ終わると、アニーのにおいをくんくんかぎまわり、さっと逃げていった。

次の日の昼休み、ラントは木の下のアニーのもとへやってきたが、地面にサンドイッチはなく、あるのはアニーの空っぽの弁当箱だけだった。ラントはわけがわからず、がっかり。

そこで、アニーは種明かしをした。

学校のかばんから紫色の缶を取り出したのだ。九十九セント（約百円）ショップで買った、マッシュ社のドッグフード。アニーに買えるいちばん安いドッグフードだ。缶のラベルには、ジューシーでおいしそうな肉のかたまりがボウルに入っている写真が載っている。だから、缶を開けてさかさまにし、弁当箱に中身をあけた時、アニーはびっくりした。くすんだ色のぶよぶよした円筒形の物体が、空の弁当箱に落ちてきたからだ。

ラントはどうしていいかわからず、アニーを見上げた。こんなの好きじゃないかも、とアニーは心配した。

「ごめんね、これしか買えなくて。あんたのために買ったんだよ。サンドイッチにあきちゃったんじゃないかと思って。おいしいといいんだけど。たくさん食べて。全部あんたのだよ」アニーはいった。

食べて、といわれた瞬間、ラントはがつがつと食べ始めた。弁当箱もなめて、すっかりきれいにした。こんなにおいしいごはんを食べたのは、初めてだった。

食べ終わると、ラントはアニーを見上げてしっぽをふった。親切にしてくれてありがとうといっているようだった。

ラントは昼休みじゅうアニーといっしょにすわっていたが、ベルが鳴るとおどろくようなことが起きた。アニーが教室へと歩き始めた時、ラントも足元に寄りそってついてきたのだ。

アニーが立ち止まると、ラントも立ち止まる。

アニーが歩きだすと、ラントも歩きだす。

ラントは教室までついてきた。

その年の担任だったラナトゥンガ先生が、アニーを入口で止めた。

「アニー、教室に犬を入れてはいけないよ」

「あたしは何も。この犬がついてきたんです。あたしの犬でもないし。だれの犬かわかりません」

アニーはラントを見おろした。

ラントはアニーを見上げた。

その瞬間、アニーはおたがいが相棒なんだとさとった。

「とにかく、外へ出してきなさい」と、先生。

ラントはアニーについて、学校の正面玄関の階段をおりた。

アニーが立ち止まると、ラントも横で立ち止まった。

その時だった、アニーが初めて魔法の指を使ったのは。アニーが指を突き出すと、ラントはぺたりとふせた。ふたりは見えない力でつながっているようだった。アニーの指先からラントの鼻先へ、電気が通じているかのようだ。

アニーが指を立てると、ラントは体を起こし、おすわりの姿勢をとった。まるで糸のついたあやつり人形のように、ぴったりと動く。

「うわあ、なんてかしこい犬なの」と、アニー。

アニーが空中で水平に円を描くと、ラントはしっぽを追いかけるようにぐるりとまわった。反対向きに円を描くと、反対向きにまわった。たてに円を描くと、ラントは草の上でごろんと一回転した。

ラントはハーハー息をつき、しっぽをふっている。

アニーが地面を指すと、ラントはふせた。

この犬はすごく特別だと、アニーにはわかった。

「校舎の中には入れないけど、ここで待っていれば、放課後迎えにくるよ」

そして、ラントはそうした。

学校が終わるまでしんぼう強くすわっていると、アニーがもどってきた。ラントは立ち上がってしっぽをふった。そして、アニーについて駐車場へ。そこではアニーの祖母のドリーが待っていた。

「この犬は？」ドリーが聞いた。

アニーが答えようとした時、パトカーのサイレンが鳴った。ダンカン・ベイリーフ巡査がキキーッとパトカーを止め、輪なわのついた棒をつかんで飛び出してきた。巡査は玄関のほうへ走りながら、必死にあたりを見まわし、大声でいった。

「やつはどこだ？　たった今、学校の敷地にやつがいると連絡を受けたんだ！」

巡査はアニーの足のあいだでおすわりしているラントを見つけた。

「いた！」巡査は叫んだ。

そして、もう逃がさないぞという目つきで、アニーのほうへずんずんやってきた。

「下がれ！」巡査は、棒高跳びの選手のように棒をつかんでわめいた。ラントは身をすくめてあとずさりした。アニーは動かない。

「何してるんですか？」と、アニー。

「どきなさい。そいつは野犬だ」

「ちがいます。しつけはできています。すごいんですから。ほら、見てください」

その騒ぎに、生徒や親たちがぞろぞろ集まってきた。興味津々で見ていると、アニーはラントから離れて、魔法の指を突き出した。

ところが、犬は動かない。

指を立てたが、動かない。波を描くように動かしたり、ひゅっとふったり、ゆらしたり、ジグザグに動かしたり。それでもラントは反応しない。

「もういい！」ベイリーフ巡査がいった。

巡査はすばやくラントの首のまわりになわをかけた。

ラントは吠え、身をくねらせた。

「やめて！」アニーは叫んだ。「何するの？」

「身柄を確保する。もう一年以上追っていたんだ」

「どうして？」

「犯罪者だからだ」

「ただの犬じゃないか」祖母のドリーが車から出てきていった。

「ノミだらけで公衆の迷惑だ。それに数えきれないほどの盗みを働いた罪がある」ベイリーフ巡査はラントを引っぱっていった。

アニーはついていった。

「どこへつれていくの？」

「今夜は留置場だ。朝になったら地区の動物管理局へ送る」

アニーは祖母を見上げていった。

「そんなのひどいよ」

「野良犬だからしょうがないね」

「でも、あたしの友だちなの」と、アニー。

ドリーはこれがどんなに重要なことなのか、わかった。アニーには友だちがいたことがなかったからだ。

「巡査！」ドリーが大声を出した。

ベイリーフ巡査は立ち止まった。

みんながドリーを見つめた。ドリーは堂々としている。

アニーは常々、祖母は雌ライオンみたいだと思っていた。運動神経がよく、遊ぶことが好きで、仲間と楽しんでいる。打たれ強く、おどおどしたところがない。マイペースで決してあわてない。家族を大切にし、献身的につくす。そして、必要な時には鋭い牙を使う。

ドリー・シアラーはベイリーフ巡査のところへ歩いていくと、持っていた棒をひったくり、ラントのなわをとき、棒を自分のひざでへし折った。

「折れちまったよ」巡査に棒を返しながら、ドリーはいった。

ドリー・シアラーとは言い争わないほうがいいと、ベイリーフ巡査は心得ていた。

それで、その時から、ラントには家ができたのだ。

ナンデモパイ

「今夜の中身はなんだい？」

夕食のテーブルで、アニーの母のスージーが、平たくてベージュ色のパイをひと切れずつ取り分けている。中身はまるで、カエルが吐き出した泥水のよう。

「鶏のレバー。ホワイトアスパラ。インゲン豆と芽キャベツ。全部安かったの」

「うまそうなにおいだ」ブライアンは皿に鼻を近づけてそういったが、もちろん反対の意味。

スージーはスーパーマーケットで特価品を見つけるのが得意だ。棚から棚へ探しまわり、だれもほしがらない食品を救い出す。それらをすべて中身につめこんだものが、スージーのいう〈ナンデモパイ〉である。

シアラー家の夕食はたいていこのナンデモパイだ。中身は秘密のお楽しみ。とはいえ味はいつも同じ。まずいのだ。

スージー・シアラーの趣味はちょっとおかしいと、近所の人たちは思っている。料理のやり方と同じく、服装も変わっていて独特なのだ。着る服はすべて古着。リサイクル・

ショップやフリーマーケットで、だれもほしがらない服を救い出し、手持ちの服に加える。たとえば今夜の服装は、一九四〇年代の、ピンク色の長いプリーツスカートに、きらきらした青緑色のブラウス、からし色のカーディガン。それに、三日月形の大きな木製のイヤリングと、ブドウの粒くらいの大きさの真っ赤なプラスチックのビーズのネックレスをつけている。

アニーは母のはではでな服装が大好きだ。世界一カラフルな鳥を連想できるから。ゴクラクチョウと呼ばれる鳥で、パプアニューギニアの熱帯雨林の奥深くに生息している。種によって色はちがうが、どれもあざやかだ。羽はリボンのように伸び、花火のように広がって、きらきら輝いている。森の奥で好きな色をまとい、はでで美しく、自分自身でいることを楽しんでいる。

それに、スージー・シアラーと同様、ゴクラクチョウは料理ができない。

兄のマックスはナンデモパイをひと口食べて、顔をしかめた。

「すごくおいしいよ」もちろん、反対の意味。

「これはおいしいね。今まででいちばんじゃないかい？」祖母のドリーは今まででいちばんのうそをいった。

「みんな、ありがとう。アニーはどう？」と、スージー。

アニーはひと口かじり、ゆっくりかんでなんとか飲みこんだ。まるで食べたものを飲みこむのに、あごの関節をはずさなければならないヘビのよう。

「うーん、ちょっと……きつい」アニーがいった。

ブライアンもマックスもドリーも、両手で笑いを隠したが、スージーはちっとも怒らなかった。

「いいのよ。食べられるだけ食べなさい」

みんなは黙って食べた。みんなぼーっとしているなと、アニーは感じた。心配事があって、心ここにあらず、といったようす。アニーはそんなみんなが心配でたまらない。

いつものように、悪いところは直したいと思うアニーだった。

＊

夕食後、アニーはベッドに腰かけていた。ラントは足元でうとうとしている。

教科書は、嵐が起こる仕組みが書いてあるページが開かれているが、アニーはマックスのユーチューブのページをノートパソコンで見ている。最新動画がもうアップされているのだ。「炎のスタント大成功」というタイトル。

たったの二回しか視聴されていない。

アニーは新しいアカウントを作り、「スタント大好き」というアカウント名をつけた。

そして、マックスのユーチューブのチャンネルに登録して、コメントを残した。「めっちゃ楽しい！」

アニーはそのあとも、マックスのユーチューブのファンを何人も増やしていたが、部屋の外からカチカチというおかしな機械音が聞こえてきたので、手を止めた。そしてノートパソコンをとじ、音のほうへ行った。

アニーは廊下をつま先立ちで歩く。ラントもそっとついてきた。

ドアのすきまからのぞく。

ブライアンとスージーが、テーブルに請求書と出納帳と集計表と書類を積み上げていた。スージーは古い電卓で数字を打っている。電卓からは記録紙が出てきて、くるくる丸まっている。

スージーは長くなった記録紙をやぶいて、ブライアンにわたした。ブライアンは目を通すとテーブルに置いた。しばらくふたりとも黙ってすわっていた。

「いくら倹約したとしても、この夏をどうやって乗り切ったらいいのかわからないわ」

スージーがいった。

「マイナス残高つづきで、首がまわらなくなりそうだ」ブライアンがいった。

アニーにはマイナス残高とは何かわからなかったが、不吉なひびきだ。

「あなたはいやでしょうけど、牧場を売らなくちゃならないかも。ロバート＝バレンがいい値段をつけてくれたら……」

ブライアンは首を横にふった。

「だめだ。おふくろが傷つく。親父が一生懸命働いてここまでにしたのに、無にするわけにはいかんよ」

ブライアンは両手で頭をかかえた。スージーがその肩をさすった。

「雨さえ降ってくれたらなあ」ブライアンがいった。

＊

アニーは自分の部屋へもどってベッドに腰かけた。ラントもベッドに飛び乗って、ため息をつきながら横になった。開きっぱなしの教科書に鼻づらが乗っている。すぐ横に水の循環の図がある。

それを見てアニーはぱちんと指を鳴らした。そういえばさっき、ウォリーおじいちゃんの発明のことを、父さんが話していたじゃない。

「そうだよね」アニーはラントにいった。

そして、道具ベルトから小さな懐中電灯を取り出した。

アニーの部屋の壁には、ラントの犬小屋へ通じる木の開閉とびらがつけてある。ラントが自由に出入りできるようにだ。
そこはアニーも出入りできる。
アニーとラントは、はいつくばって開閉とびらを抜け、夜へ出ていった。

発明家

アニーはちょっと変わっていると思われているが、祖父のウォリー・シアラーは生まれながらの変人だと、だれもが認めていた。

ウォリーはいつでも、羊の毛刈り小屋のすみの作業台で、考えたり何かをいじくったりしていた。そして、発明した仕組みや理論を、スケッチブックに書きとめていた。

ウォリーは、科学や哲学の大問題を考える人々を尊敬していて、哲学者や発明家や探検家についての本を読むのが好きだった。ガリレオやコペルニクス、アイザック・ニュートンやニコラ・テスラ、チャールズ・ダーウィンらと同様、ウォリー・シアラーは新しい考えを発表してばかにされたり、社会からのけ者にされたりすることを恐れなかった。

ウォリーは独自のルールで生きていた。その一つが服を着ないで過ごすというものだったようだ。あたたかい季節には、帽子と革の道具ベルト以外、何も身につけていなかった。その格好で自分の土地を歩きまわり、柵やパイプや門や電線やモーターを修理していた。

アニーと同じく、ウォリーも物を修理するのが好きだったのだ。

あまりにも変わっているので、この地域の羊農家たちは困惑していた。ただ、ウォリーの羊毛が世界一だということはみんなが認めていて、その秘訣を知りたがっていた。牧草の質がいいのだという人もいた。羊のえさに、特別にビタミンやミネラルを配合しているにちがいないという人もいた。毛がもこもこになるような秘密の薬をふりかけているのではないかという人もいた。

けれど、どれでもない。

ウォリーが質のいい羊毛を生産できた秘訣は、幸せだった。

ある時、町へ出かけたウォリーは、心配事をかかえたり、あわてたり、悩みやストレスを感じていたりする男性は、みんな髪がうすいことに気がついた。そこで、その反対なら毛がふさふさするだろうと思った。羊たちが静かに幸せに暮らせば、毛はもこもこになるだろう、と。絶対に空腹にさせたり、こわがらせたり、ひとりぼっちにさせたりしないぞと、決心した。

と同時に、ウォリーは実験もした。羊は音楽が好きかどうか、という実験だ。

ウォリーは毎日、古い手巻きの蓄音機を柵の柱に置いた。羊の群れは集まってきて、モーツァルトやベートーベンやビバルディの音楽にくぎづけになった。

ウォリーは羊たちを愛し、羊たちもウォリーを愛した。羊たちを集めるのに、雇い人や牧羊犬の助けは必要なかった。ウォリーの行くところ、どこへでも羊たちはついてきたからだ。

牧歌的で落ち着いた静かな生活だった。

そんな時、アプソンダウンズにアール・ロバート＝バレンがやってきて、川の水をせきとめたため、すべてが変わってしまった。

ウォリー・シアラーは自分ではどうにもならない問題に直面した。心配事をかかえ、あわて、悩みやストレスを感じるようになると、髪の毛が抜け始めた。羊といっしょに過ごす時間がへると、羊たちのほうも心配になり、あわて、悩みやストレスを感じるようになった。その結果、羊毛の質が落ちてしまったのだ。

ウォリーが死んだのはアニーがほんの小さい時だったので、アニーはほとんど覚えていない。でもウォリーおじいちゃんの話を聞くのは好きだし、おじいちゃんの道具ベルトを身につけるのも好きだ。アニーは、羊の毛刈り小屋のすみの作業台で過ごしていることが多い。なんだかおじいちゃんを身近に感じるのだ。まるでアニーを元気づけるために幽霊となって出てきているみたい。

アニーは今、まさにそこへ向かっていた。毛刈り小屋の中には、まだ昔の羊の汗やふんのにおいが漂っている。アニーは中へ進み、量りやごみ取り台を過ぎ、大ばさみがかけてある壁を通りすぎた。ほこりだらけの古い蓄音機には、ホーンにクモの巣がはっていた。

アニーは作業台に着くと、懐中電灯で照らしながら、ウォリーのスケッチブックをめくり始めた。ウォリーが何年もかかって書きためた大胆な考えやすばらしいアイデアに、目を通していった。

すると、アニーの手が止まった。

見つけたのだ。

アニーはいくつものスケッチを見つめた。奇妙だがシンプルな発明品だ。小さな箱にいくつもの付属品がぐるりとついていて、それが背の高い塔のてっぺんに取り付けられている。まるでクリスマスツリーの星のよう。言葉も書いてあるが、アニーにはさっぱりわからなかった。摩擦磁化とか、水力電気伝導体とか、ジャイロスコープ電圧ベクトルとか、マグナス力とか。

方程式や説明文が書いてあるページもあれば、この装置の組み立て方をくわしく書いてあるページもある。

だが、アニーの心をもっとも引きつけたのは、その名前だ。

「雨降らし機」

やさしいうそ

「なんだこれ？」

奇妙な装置を見て、マックスはけげんな顔をした。

アニーは一晩じゅうかかって、材料をつなげたり組み立てたりした。黒こげになったマックスの自転車の車輪をはずし、マッシュ社のドッグフードの空き缶を、ぐるりとへりに取り付けた。二つの車輪のあいだには、古いブリキの道具箱がついていて、中には銅線のコイルと冷蔵庫に貼ってあったマグネットがいくつも並んでいる。

「これは、雨降らし機よ。おじいちゃんが発明したの」アニーがいった。

マックスはまだ納得できない顔だ。

「おい、じいちゃんはまったくの変人だったんだぞ。頭がどうかしてたんだ」

「どうかしてなんかない。いろんなものを直してただけ」アニーはいった。

ふたりは、母屋の横にある風車の下に立って、見上げている。

「じゃ、ぼくが上まで登って、これをしばりつけろってのか？」と、マックス。

「そう」

「それで雨が降る？」

「そう」

「どうして降るんだ？」

「よくわかんない」

マックスは見上げて顔をしかめた。

「ちょ……ちょっと高すぎるな」

落ちて死ぬことなんかほとんどないからと説得されて、マックスは手を貸すことにした。

「やるけど、その代わり動画を撮ってくれ。次のスタントのためのトレーニング映像にするから。明日の農業フェスティバルで、すげえことしようと思ってるんだ」

というわけで、アニーにカメラを持たせると、マックスは柵を結ぶ針金で背中に雨降らし機をしばりつけ、風車をよじ登った。

その時だった。

「マックス！　マ――ックス！」

母のスージーが怒った顔で母屋から飛び出してきた。ふたのあいた通学用リュックをかかえている。中には布やロープがぎっしり。

「お兄ちゃん見なかった？」スージーが聞いた。

アニーはふり返り、カメラを背中にかくした。答える間もなく、スージーが続けた。

「見つけたら首を絞めてやるわ。わたしの大切なビンテージもののテーブルクロスを切っちゃったのよ！」

スージーはリュックを突き出してゆらした。

「これ、なんだと思う？　自家製パラシュートだって。信じられる？　あの子のせいで心臓が止まりそう。マ、ッ、ク、ス！　マ――――ッ、ク、ス、！」

スージーは毛刈り小屋のほうへ行った。

母がいなくなると、マックスがおりてきた。

「サンキュー、一つ借りができたな。あのパラシュートを取り返さなくちゃ。明日のスタントに使う大事なものなんだ」

「母さん、カンカンだったじゃん」

「まあな。あれ、うまくいくと思う？」

「パラシュート？」

「ちがうよ。あれだよ」

マックスは、風車のてっぺんについている雨降らし機を指さした。

「うまくいくといいね」アニーはいった。

＊

夕食のあと、アニーは風車の下に立って見上げた。銀河の星々の輝きを背景に、雨降らし機の影が黒々と浮かんでいる。空気のすみきった静かな夜だ。空には雲ひとつない。雨降らし機はまわっていない。カタカタともブンブンとも音を立てていない。なんにもしていない。これじゃ、雨なんか降ってくるわけがない。

アニーはがっかりしてため息をついた。設計図どおりに作れなかったのかなと、不安になった。けれど、ウォリー・シアラーとその発明品を疑うようなことは、一瞬たりともなかった。

アニーが右を見ると、父の温室の明かりがついていることに気がついた。そこで、そっと向かった。

ブライアンの温室は、古い窓枠とドアの枠を組み合わせて作ったものだ。ガラスはすっかりくもっていて、中のようすはよく見えない。ぼんやりした影とおかしな形が見えるだけ。ブライアン以外の人は入ってはいけないことになっており、ブライアンは中から鍵をかけてしまうので、いっそう謎めいているのだ。ブライアンは夜はたいていここで過ごしている。中から音は聞こえない。

アニーがガラスの割れ目から中をのぞこうとした時、ちょうど明かりが消えた。ドアが開き、ブライアンが出てきた。

アニーに気がつくと、ぎくりとして悲鳴をあげた。

「びっくりした！　もらしそうになっちゃったよ。何しに来たんだ？」

「ここで何してるのかなと思って」

ブライアンは暗闇で顔を赤らめた。

「いや、その……なんていうか……なんでもない。大したことじゃない」

「聞きたいことがあるの」

「ああ」ブライアンは警戒しながらいった。

「マイナス残高ってなあに？　悪いこと？」

ブライアンはため息をつき、アニーの肩をさすった。

「おまえが心配することじゃない。家に入ろう。母さんは明日のフェスティバルのためのパイを作ってるんだろう？　絶対手伝いがほしいはずだ」

「母さんだけだと味がひどいから？」

ブライアンはくすくす笑った。

「まあな。だけど母さんにはそんなこといえんがね」

「それって、うそをついてることにならない？」

「ある意味な。ていうか……やさしいうそだ」

「どういうこと？　うそはうそでしょ？」

　ブライアンは頭をかいた。

「むずかしいな。いいことのためなら、時にはうそをついてもかまわんってことだ」

「ああ、わかった気がする。ドリーおばあちゃんが、父さんの歌声はきれいだっていうのと同じだね」

　ブライアンはまた笑った。

「そうそう。そんな感じ」

「もう一つ聞いてもいい？」

「いいよ」

「さびしいと思う？」

「だれが？」

「ドリーおばあちゃん」

　ブライアンはしばらく考えていた。

　若(わか)いころ、ドリー・シアラーはアプソンダウンズのさまざまな活動に参加していた。夜のダンス、聖歌隊(せいかたい)、演劇(えんげき)チーム、慈善募金(じぜんぼきん)活動。何より好きだったのはスポーツだ。競争するのが生きがいだった。夏にはクリケットチームの捕手をしていたし、冬にはラグビーで大活躍。フィールドで「女のくせに」などといわれようものなら、その男に向かってどーんとタックルしていった。ほかにもゴルフクラブ、テニスクラブ、ボウリングクラブ、バドミントンクラブ、トランプのブリッジクラブ、ダーツクラブで記録を打ち立てていた。ウォリーが亡くなった時、家族はみんな悲しんだが、とくにドリーの心にはぽっかり穴があいた。と同時に、町もどんどんさびれていった。クラブは次々になくなり、公会堂は閉鎖された。

ドリーには行くところがなくなった。

最近になって、ドリーはまた夢中になることを見つけた。地域の「高齢者シングルのつどい」に毎回出席するようになった。そして、新聞の広告欄に、「恋人募集」の広告を載せている。さらにマッチングアプリも試しているが、お眼鏡にかなう人はまだあらわれていない。けれど、恋人探しは終わっていない。ドリー・シアラーはかんたんにあきらめる人ではないのだ。

そう考えると、アニーのいうとおりかもしれないとブライアンは思った。ドリーはたしかにさびしい。涙が出てきたので、ブライアンは目をしばたたかせ、鼻をすすった。

「いや、おばあちゃんはだいじょうぶだ」と、ブライアン。

それは本当のことではないとアニーは感じたが、「やさしいうそ」なのか、「ふつうのうそ」なのかはわからなかった。

「もう一個聞いてもいい？」

ブライアンは首をふった。

「今夜はもう終わり。アニー探偵、明日は忙しくなるぞ」

農業フェスティバル

ウーララマ地区農業フェスティバルは人気で、毎年何千人もの人々が訪れる。ゴムの木で囲まれた、広くて平坦な牧草地で、さまざまなアトラクションがもよおされる。ジェットコースター、城の形のトランポリン、ゴーカート、すべり台、おばけ屋敷、ミラーハウス（鏡の迷路）、それにトランプやルーレットなどのゲーム。ロデオ競技もあれば、農業用品の展示、タレントショー、馬術競技、丸太切り競争、そしてもちろん、羊の毛刈り競争もある。

食べ物も山ほどある。

フェスティバル会場の中央付近には、食べ物の屋台がずらりと並んでいて、よだれの出そうなおいしそうなにおいが、夏の空気に充満している。みんなは親しみをこめて、ここを肥満街道と呼んでいる。

デザートはよりどりみどり。甘いものが好きな人にはたまらないだろう。綿菓子、りんごあめ、アイスクリーム、かき氷ドリンク、チョコレートバー、チョコレートケーキ、チョコレートシェイク。ドーナツ、キャラメル・ポップコーン、シロップ付きワッフル、焼きマシュマロ、オーストラリアの伝統菓子ラミントン、クリーム入りのメレンゲケーキ、いろいろな味のあめ。

屋台を進んでいくと、フライドチキン、フライドポテト、バターコーン、ジュージュー音を立てているローストポーク、炭火で焼いた肉、さまざまな種類のカレー、パスタ、めん類、タコスがある。パエリアの鍋からは湯気が立ち、ホットドッグやハンバーガーもある。

いちばんはしには、防水シートのテントがたれさがった屋台があり、シアラー家がここでナンデモパイを売っている。

母のスージーは、真っ赤なギンガムのワンピースに、真っ青なエプロンという格好。アニーはラントをつれて屋台の外にいて、トレイから試食品を配っている。ほとんどの人は素通りだったが、やっと大柄な男性の興味を引いた。男性は片手にバナナスプリット、反対の手に七面鳥のもものローストを持っている。それなのに、まだ試食品を食べようというのだ。

男性は慎重にパイをひと切れつまむと、口に入れた。そのとたん、まるで後ろからかみつかれたかのように、背中がピーンとなった。口の中のものをごっくんと飲みこむと、ゲホゲホとせきこみ、そのせいで七面鳥のももを落としてしまった。

「これ、何が入っているんだい?」男性はハーハー息をしながらいった。

「缶詰のサバ、白ニンジン、キャベツ、プルーンです」スージーは得意げにいった。

「この味、まるで……」

「シアラーのパイです!」テーブルの後ろから、マックスがわりこんだ。「シアラーのナンデモパイ! 大評判! 町でいちばんの大人気! なくならないうちに買って!」

男性は地面から七面鳥のももを拾い、草と砂を吹き飛ばしてひと口かじった。そして、首をふると行ってしまった。

「変な人。まあいいわ。父さんはどこにいるか知ってる?」と、スージー。

「忘れ物をしたとかいって、取りに帰ったよ」アニーが答えた。

「おばあちゃんは? おばあちゃんも姿が見えないんだけど」

アニーとマックスは顔を見合わせて肩をすくめた。

*

父のブライアンは農業パビリオンの中にいた。

ここは大きな納屋で、半分に分けたこちら側では、豚やアヒルや鶏やウサギの品評会をおこなっている。もう半分には、農産物や植物の展示棚が何列もつらなっている。巨大なカボチャ、在来種のニンジン、熟れたトマト。複雑なもようのチューリップ、繊細なラッパズイセン、恐ろしいハエジゴク。それぞれのグループで一つだけが表彰されて、青いリボンが巻かれている。

ブライアンは、ホウライシダの後ろに隠れていた。そして、厳しい顔つきの審判が三人、バラが並んでいるところへ向かっていくのを、ドキドキしながら見つめていた。審判たちは小声で話しながら、ボードの上で評価を書いている。

最後のバラに来た。ブライアンは息を止めた。

審判たちは足を止め、おどろいて目を見交わした。すばらしいバラなのである。花は大きくたっぷりしていて、形も完ぺき。だが、このバラがすばらしいのはそこではない。

花びらが一枚一枚ちがう色なのだ。ビロードのような黒、あざやかな真紅、真珠のような白、海のような青、濃い紫、明るい黄色、フラミンゴのようなピンク、そしてぼかしや淡い中間色。一つひとつの花が美しい花束のようで、甘くフルーティで風味豊かで豪華な香りを漂わせている。

審判たちは花をそっとなでて、このバラが作り物ではないことをたしかめた。こんなバラは見たこともなければ、香りをかいだこともなかったからだ。

三人はボードにささっと評価を書いた。

ブライアンはうまくいきますようにと祈(いの)った。

＊

農業フェスティバルが始まったのは百五十年以上前で、長い時をへて残った出し物がいくつかある。

その一つがキスのブース。地域(ちいき)の小児病院への寄付(きふ)のために、一九三〇年に始まった。それ以来ずっと人気があり、寄付金(きふきん)集めの目玉となっている。キスのブースのボランティアにはだれでもなれる。お客はボランティアの頬(ほお)にキスをしてお金を払(はら)うのだ。

今日のボランティアの一人は、ドリーおばあちゃん。

実をいうと、ドリーは慈善(じぜん)事業に興味(きょうみ)があるというよりも、だれかいい人がいないかしらとねらっているのだが、今のところドリーの人気は、スージーのナンデモパイとどっこいどっこいだ。

ドリーの隣(となり)には、ハンサムなことで有名なオート麦農家(むぎのうか)のデレク・ティングルがすわっているが、ドリーの人気のなさは変わらない。デレクは恋愛小説(れんあいしょうせつ)の本の表紙モデルになったことがあると、もっぱらのうわさだ。白い歯が光り、シャツを大きくはだけさせたデレク。彼(かれ)にキスをするための行列は、ふれあい動物コーナーまでずっと続いている。この調子なら、オーストラリアじゅうの病気の子どもを治すだけのお金をかせげるだろう。

ティーンエイジャーの男子ふたりが、通りすがりにドリーを見かけ、指をさして笑った。

「おい、ばあちゃん、入れ歯をなくすなよ！」

「まだ自分の歯ですよ。それ以上生意気いうと、あんたの歯がなくなっちまうよ。殴り飛ばしてやろうか」

男子たちはぞくっとして、そそくさと立ち去った。

ドリーはため息をつき、ひそかに希望を失った。

*

スージーもため息をつき、ひそかに希望を失った。

アニーを手招きして呼び寄せ、中にいたマックスにも話しかけた。

「ふたりとも、今はそんなに忙しくないから、休憩してらっしゃい。わたしが店番してるわ」

「ほんと？」と、アニー。

スージーが返事をしないうちに、マックスはテントの裏から抜け出した。

スージーはほほえんだ。

「ほんとよ。ラントと遊んでらっしゃい」

*

アニーとラントは草の生えた通路をぶらぶらした。人々は大声で話しながら、せわしなくアニーたちをかすめていく。うるさいし危ないので、アニーはラントをつれて混雑から離れ、会場のいちばんはしへ行った。テントが並んでいるところを曲がり、せまい通路を歩いていった。

ここはずっと静かだ。手相占い、野菜ジュースのスタンド、気味の悪い人形を売る屋台。その時、歓声と拍手が聞こえた。アニーが角を曲がって、路地のはしまで行くと、見物人がおおぜい見えた。

ふだんなら、すぐにちがうほうへ行ってしまうのだが、なぜか強く引かれた。アニーはなんだろうと近づいていった。

バスケットコートほどの大きさにロープが張られ、見物人が何重にも取り巻いている。アニーはつま先立ちをしたが、何も見えない。

そこで、大きく息を吸いこむと、無理やり人のあいだをすり抜けて前へ行った。ラントもすぐ近くをついてきた。

そこには奇妙な光景が広がっていた。

アニーは最初、おかしな児童遊園かと思った。シーソー、平均台、きらきら光る素材でできたトンネルが二つ。せまい間隔で地面に突き立てられたポールが一列。輪っかが一つぶら下げられ、ほかにもよくわからない障害物(しょうがいぶつ)がある。

気がつくと、ラントがそわそわしている。地面が熱いとでもいうように、しきりに足を上げている。ハーハーいって、しっぽをふっている。

その時、すべてが変わった。

むこう側の白いテントから、強そうなボーダーコリーが、サンバイザーをつけた中年の女性(じょせい)につれられてあらわれたのだ。その後ろからもう一人女性(じょせい)が出てきた。ビブ・リチャーズという人で、メガホンをかかえているので、司会の人なのだろう。

「みなさん、お次はアンジェラ・ダンさんとジギーです。はるばる遠くの町から来てくれました」

観客が拍手(はくしゅ)した。ボーダーコリーのジギーは白線の後ろにおとなしくすわり、アンジェラが二、三メートル離(はな)れて立った。ビブがストップウォッチを手に、カウントダウンを始めた。

「三……二……一……ゴー！」

アンジェラが手をふると、ジギーは飛び出した。アンジェラは前を走ってみちびく。ジギーは高いところにぶら下がっている輪っかをジャンプでくぐり、鋭(するど)くターンすると、高いハードルを跳(と)び、低い棒(ぼう)をくぐり、シーソーを登って真ん中より前に進むと反対側が下がるのでシーソーからおり、トンネルをくぐり抜け、細いポールのあいだをジグザグに走った。

アニーとラントは、魔法にかかってしまったかのように、身じろぎもせずに見つめていた。

ジギーは遠くまでジャンプし、別のトンネルをくぐってまた逆向きにくぐり抜け、平均台に飛び乗ってわたり終えると、ゴールをかけ抜けた。

ビブはストップウォッチを押した。

観客は感心しきって大歓声をあげた。

「四十六秒二七！」ビブが叫ぶ。「すごい、ジギーとアンジェラ。全体の六位です。がんばりました！　みなさんもう一度拍手を」

その時だった、アニーが白いテントの屋根に大きな横断幕がかかっているのを見たのは。

そこには――。

ウーラランマ地区公開ドッグレース
優勝賞金　五百ドル

アニーの目がくぎづけになった。

ご、ひ、ゃ、く、ど、る。

アニーにとっては大金だ。これがあれば、マイナス残高をプラスにできるのかな？　全部は無理でも、少しは助けになるかもしれない。アニーがラントを見おろすと、ラントはアニーを見上げた。

突然、パーンという大きな音がした。

数メートル離れたレース場のはしでピストルが鳴り、紙吹雪がまい上がった。紫色のビロードのトレーニングウェアを着た背の高い男が、何本もの細い色紙で作った垂れ幕をくぐり、大またでレース場に入ってきた。おそろいのビロードの服を着た灰色のウィペット犬が、落ち着かないようすで続いている。

その後ろには背の低い男がいる。とても従順な助手のようだ。助手がラジカセのプレイボタンを押すと、ドラマチックなオーケストラの音楽が鳴り響いた。

ビロードの服の男は、両手を上げてから深々とおじぎをした。そして上着を脱ぐと、後ろに投げた。助手が走っていって上着を拾った。

観客はとまどっていた。男が大きくストレッチをしているあいだ、みんな眉をひそめて顔を見合わせていた。

司会のビブが歩み寄り、音楽を止めた。そして、メガホンを使ってしゃべった。

「もうそのへんで十分でしょう。みなさん、次の挑戦者はドッグレースの常連です。優秀なハンドラー〔コンテストに出る犬の調教をしたり、レースで指示を出したりする人〕の一人で、全国大会で十五回も準優勝しています。ご紹介しましょう、ファーガス・フィンクさんと、犬のチャリオットです！」

気まずい沈黙のあと、二、三人がぱらぱらと拍手した。

シンプキンズという名前の助手が、犬をスタートラインまでつれていき、服を脱がせた。ファーガス・フィンクは、障害物コースの中央へ移動すると、まるで誇り高い闘牛士のように、大げさに頭をふり立てた。

しーん。

アニーはじっと見つめる。どのようにしてコースを走らせるのか、正確に覚えたいのだ。というのも、あることを考えているから。

ビブがカウントダウンを始めた。

「三……二……一……ゴー！」

ファーガスがさっと手をふると、チャリオットはコースへ飛び出した。すばやく冷静に障害物をこなしていく。ファーガスのことはまったく見ていない。ファーガスは即興のダンスでもしているように、くるくるまわったり、飛びはねたりしている。さっと前へ、また後ろへ。手を大きく伸ばしたり、指をくねくね動かしたり。ある地点では、片ひざをついて腕で大きく円を描いた。まるでロックのスターギタリストのよう。

一方、チャリオットは目にもとまらぬ速さで、トンネルを抜け、ポールのあいだをジグザグに走り、飛んだり突進したり方向転換したりして、ゴールラインをかけ抜けた。

そのすばらしい走りに、観客はやんやの大喝采。

ファーガス・フィンクは、自分が喝采を浴びているかのように応えた。

「ありがとう、ありがとう。応援まことにありがとう。感動していただけたでしょう」

ファーガスが投げキスやおじぎをしていると、司会のビブがメガホンを持ってやってきた。

「チャリオットのタイムは四十一秒〇八でトップです！　チャリオットで予定参加者は最後ですが、公開レースですので、今からどなたでも参加できます。あと三十分あります。参加したい方は今すぐどうぞ！」

観客はだんだん帰り始めた。アニーは勇気をふりしぼって、白いテントへ歩いていった。

近くでは、ファーガス・フィンクが怒っていた。シンプキンズとチャリオットに向かって、日焼けした豚のように真っ赤になってどなりちらしている。

「四十一秒〇八だと？　ふざけるな！　自己ベストより三秒も遅いじゃないか！　全国大

会にこんな恥さらしをつれていけっていうのか？　そりゃ、ここはうす汚れた田舎だが、わたしは完ぺきだと評判なんだぞ、こんな成績ではとてもだめだ。シンプキンズ、おまえのトレーニングは不十分だ。今夜練習が終わったら、おまえとバカ犬をキャリーケースに閉じこめてやる」

シンプキンズとチャリオットは、がっくりとうなだれてしまった。

そこへビブがあらわれた。ファーガス・フィンクはとたんに口調を変え、にこにこした。

「やあ、ビブ、きみか。さて、そろそろトレーラーにもどって、マッサージと水分補給だ。表彰式にはもどってきて、トロフィーと賞金を受け取りますよ。おいで、チャリオット。シンプキンズもだ」

ファーガス・フィンクはアニーの存在など気がつきもせずに、さっさと通りすぎた。

ビブはファーガスが立ち去るのを、あきれたように見送った。

「すみません、参加したいんですけど」アニーがいった。

「いいですよ！」ビブが明るくいった。「あそこのボードに名前を書いて。参加費は二十ドルよ」

「え？　二十ドル？」アニーはたじろいだ。

「そう。一位になると五百ドル。二位と三位にも百ドルずつ出ます。三位までに入ると、全国大会へ出場できるのよ」

アニーは頭をフル回転させた。道具ベルトには一ドル六十五セントしか入っていない。

そしてもちろん、そのほかの問題もある。ラントだ。

「あの、スタートする前に、観客に全員帰ってもらうことはできますか？」

「どういう意味ですか？」ビブは聞いた。

「つまり……だれにも見られないように」

「残念ながら、この出し物は人気があるのでね」

アニーは理解した。ビブにおじぎをして、お礼をいった。

解決しなければならない大問題が二つ。アニーは歩きながら考え、考えながら歩いた。

顔を上げると、遠くに兄のマックスが何かのために急いでいるのが見えた。オレンジ色のヘルメットをかぶり、手作りパラシュートを背負い、父の大きなサングラスをかけている。アニーは指をパチンと鳴らした。そうだ、こうすればいい。アニーはラントといっしょにマックスのところへ走った。

「お兄ちゃん、待って！　ねえ、みんなの目をそらせることってできる？」

「何？　どういうこと？」

「みんなの注目を、一点に集めることができる？」

ほんの一瞬、マックスはわけがわからない顔をした。それから、背中のパラシュート入りリュックを親指でさした。

「なんのためにこれをしょってると思ってるんだ？」

マックスは走っていった。おおぜいの人たちのあいだをぬっていく兄を、アニーは見つめた。

これでこの問題は解決。さあ、次の問題だ。

アニーは不安だった。この問題はとんでもなくむずかしい。どうしたらいいかわからないからというわけではない。正しいと思うことをするのに、正しくないことをしなければならないからだった。

＊

母のスージーは、ナンデモパイを買わずに素通りする人々を、うんざりしながらながめていた。

アニーがテントの裏から入ってきた。

「もういいわ、アニー。手伝いはいらない。どういうわけか、わたしのパイはぜんぜん売れないのよ」

アニーはテーブルに近づいた。テーブルにはビスケットの空き缶があって、おつり用にお金が入れてある。五ドル、十ドル、二十ドルの紙幣だ。呼吸が速くなり、顔が熱くなる。のどに何かがつかえて、飲みこめない。心臓がどきどきする。

スージーはいらいらして、投げやりになった。

「もうおしまい。本でも読もうっと」

そういうと、かがんでバッグの中をかきまわした。

アニーが手を伸ばして二十ドル紙幣をつかみ、道具ベルトにつっこんだと同時に、スージーは立ち上がった。

「もういいわよ。むこうで遊んでらっしゃい」スージーはアニーを追い払うように、ペーパーバックの本をふった。

アニーはテントから出た。レース場へ急ぎながら、悪いことをしたと、いやな気持ちになった。

「もし負けても、ぜったい全額返すからね」アニーはラントにいった。

一か八か

丸太切り競争というものを、みなさんはよく知らないかもしれない。危険だしだれも責任をとらない競争なので、知らないほうがいいかもしれない。

大惨事のレシピを書けといわれたら、材料はばか力、よく切れる刃物、時間との競争。

これらを混ぜ合わせれば、思わぬ事故のできあがり。

丸太切り競争とはそういうものだ。

イベントによってやり方はさまざまだが、目標は同じで、いちばん早く丸太をおので真っ二つに切ること。

最も安全なのは、丸太を腰の高さに垂直に立てるスタンディング・ブロックという方法。力強い腕と飛び散る木くずに大興奮だ。おの使いの熟練者は、ほんの数秒で大皿くらいある直径の丸太をたたき切ることができる。

危険がともなうのは、地面から十センチくらい上げて、丸太を横向きに置くアンダーハンド・チョップという方法。競技者はスケートボードに乗るように丸太の上に立ち、足のあいだにガンガンおのをふりおろすのだ。

おわかりのとおり、かなり危険だ。

長い歴史のあるウーラララマ丸太切り競争でも、多くの人がけがをした。有名なのは一九六三年、アンダーハンド・チョップ部門に出ていたジェド・エガーズが、すべって力いっぱい足首におのをふりおろしてしまい、観客の最前列に足が転がっていった事故。その直後、何にでも首をつっこむカササギが飛んできて、足をつかんで飛んでいきそうになった。

この事故は全国紙で報道された。見出しは「オーノー！　ウーラララマで足切り！」。

幸い、ジェドと足は助かった。ジェドは次の年の競争にもどってきた。足ももどってきたが、もとどおりにくっつけることはできなかった。ガラス瓶の中にホルマリンで保存され、ウーラララマ丸太切り競争の公式トロフィーになった。

ところが、農業フェスティバルの最も危険な出し物は、丸太切り競争ではないのだ。

それは百フィート棒のぼり。

名前からわかるとおり、百フィート（約三十メートル）の高さの棒をよじ登って速さを競うもの。信じられないことに、安全のための命づなはない。

昔の木こりのように、棒にロープをゆるく引っかけ、それをたよりによじ登っていく。てっぺんに着いたら、今度はクッションのきいたマットの上にすべりおりるのだ。棒は二本あり、ふたりで競う。早く地面にタッチした人が勝ちとなる。

ばかばかしいほど危険で、とんでもない勇気がいる。だからマックス・シアラーはこの競技が大好きなのだ。

マックスが初めて棒のぼりを見たのは、五歳の時だった。それ以来毎年、死をも恐れぬヒーローをあこがれの目で見つめてきた。そして毎年、いつかぼくもてっぺんまで登ってやるぞと、誓うのだった。

その日は今日やってきた。

フェスティバルの会場には高い棒が二本、ユーカリの木々を背景に、巨大なラグビーのゴールポストのようにそびえ立っている。

マックスは一本のふもとに立ち、圧倒されながら見上げた。とうとうこの時がやってきたんだ。マックスは棒と腰にロープをまわし、はしを結んだ。

近くでは、丸太切り競争の観客が集まり始めていた。おしゃべりをしながら場所取りをしている。だれも気がつかないうちに、マックスはリュックのストラップをぎゅっとしめ、ロープにもたれかかると、迷うことなく棒を登り始めた。

思ったよりかんたんで、一分ちょっとで半分の高さまで来た。その時、観客の中の女性が一人、マックスを見た。

女性は立ち上がり、悲鳴をあげて指さした。

すると、まわりの人たちも立ち上がり、悲鳴をあげて指さした。

するると、そのまわりの人たちも立ち上がり、悲鳴をあげて指さした。騒ぎは山火事のように広がった。フェスティバルの会場じゅうの人々が手を止めて、丸太切り競争のコーナーへかけてきた。

下の混乱など何も知らないマックス・シアラーは、楽しくてたまらない。

上へ上へと登っていった。

＊

アニーとラントは、おおぜいの人の波をかきわけながら歩いていた。アニーは盗んだ二十ドル紙幣を、道具ベルトのポケットの中で握りしめている。

ドッグレースの会場に着くと、観客は消えていた。

「どうやったのか知らないけど、ありがとね、お兄ちゃん」アニーはささやいた。

アニーはビブを見つけ、お金をわたした。

「あたしはアニーで、この犬がラントです。レースに参加させてください」

ビブは腕時計を見て、ほおをふくらませた。

「ぎりぎりセーフ。あなたが最後の挑戦者ね。こちらへどうぞ」

ラントは境界のロープをくぐって、アニーについてきた。

「前にも参加したことはあるの？」と、ビブ。

「いいえ」

「練習だけはたくさんしていたのね」

「そんな感じです」と、アニー。

「えーと、これはだれでも参加できるオープントーナメントで、予選や決勝もないし、やり直しもありません。コースを一回まわって、タイムのいい犬が勝ちます。いいですね？」

アニーはうなずいた。だが、まだ小さな問題が残っている。

「あの、ビブさんが見ないわけにはいきませんか？」

ビブは顔をしかめた。

「それはできないわ、アニー。わたしは審判だし、タイムも計らなくちゃならないもの。どうしてそんなことを聞くの？」

「それは……ラントは、だれかが見ていると走らないんです」

「あがり症なのかしら？」

「たぶん」

アニーはぐるりと見まわした。テントの中には大きなホワイトボードがあり、各参加者の名前とタイムが書いてある。アニーはそれを指さした。

「あの後ろにいてもらえませんか？」

「ホワイトボードの後ろに隠れてほしいと？」

「はい、お願いします」

ちょっと迷った末、ビブ・リチャーズはにっこり笑って肩をすくめた。いいじゃない。どうせ今日はこれで最後だし、どう見てもこの子とこの首輪もしていないみすぼらしい犬じゃ、記録を破ることなんてできやしないんだから。

そこで、ビブはホワイトボードの後ろへ行った。そして、ストップウォッチの準備をして、ボードのはしから顔をのぞかせた。

「自分でカウントダウンします！」アニーが大声でいった。

アニーはラントを白線まで歩かせ、魔法の指を立てた。

ラントはおすわりした。ラントがじっと待っているあいだに、アニーはレース場の真ん中へ歩いていった。しばらくまわりを見まわして、障害物の順番を確認した。

そして、空へ向かって指を上げ、ラントを見た。

アニーは緊張していないし、不安もない。だいじょうぶという自信がある。

カウントダウンを始めた。

「三……二……一……ゴー！　ゴー！　ゴー！　ゴー！　ゴー！」

アニーが手をふると、ラントはスタートラインから飛び出した。アニーはラントをみちびいて輪をくぐらせ、くるりとターンさせ、ハードルを跳び越えさせた。ラントはやすやすと横棒の下をくぐり、シーソーを登った。アニーはシーソーの真ん中でストップさせ、反対側の板が地面につくまで待たせた。ラントは下り坂を飛ぶようにおり、トンネルをかけ抜けた。

ホワイトボードの後ろでは、ビブがあんぐり口を開けていた。自分の目が信じられなかった。

「左、右、左、右、よし！」

ラントはポールのジグザグ走りもかんたんにやってのけた。

「そーれっ！」

思いきりよく大ジャンプ。

「まわって、まわって、ここをくぐる！」

二回目のトンネルくぐりは、さらに速かった。

「ラント、こっち！　気をつけて」

平均台を完ぺきに歩く。

「ゴー！　ゴー！　ゴー！　ゴー！　ゴー！」

ラントは全速力でゴールラインをかけ抜（ぬ）けた。

ビブはストップウォッチを押（お）した。タイムを見る。

ビブはおどろいてホワイトボードの裏（うら）から出てきた。アニーとラントは期待でいっぱいの目をビブに向けながら、並（なら）んで立っていた。

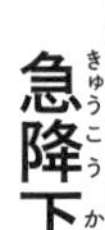

急降下

「一等賞！」

アニーの父のブライアンは小声でつぶやくと、ヒューッと口笛を吹いた。

そして、優勝したバラに結ばれた青いリボンに手をふれた。

「すばらしいですよね？」

背後からの声に、ブライアンはびくっとした。さっとふり返ると、アプソンダウンズの花屋、パテル生花店の店主、グレーテル・パテルだった。笑顔と同じくらい明るい緑色のサリー［インドなどの女性が着る民族衣装］を身にまとっている。グレーテルは一歩近づいた。

「この美しいお花を作った魔術師に会いたくて、昼からずっと待っているんですよ」

「そうかい」ブライアンはごくりとつばをのんだ。

「この傑作にはいくらでも出すつもりなんです。まさにわたしたちの町が必要としているものでしょう？　たくさんの色彩、新しいアイデア。ところが残念ながら、ほら……」

グレーテルはバラに添えられたラベルを指さした。参加者名のところには、「匿名」とあった。

「この町には秘密の天才がいるようなんです。まったくの謎ですわ」

「どうなのかね」と、ブライアン。

「どうして秘密になんかしているのでしょう？」

「恥ずかしがり屋なんじゃないかね」ブライアンはせきばらいをした。「それか、ほかに仕事があって、花のことに時間をかけすぎたらまずいと思っているとか」

グレーテル・パテルはまたほほえんだ。

「シアラーさんがお花の品種改良に興味をお持ちとは知りませんでした」

ブライアンは顔を赤らめてよろけた。

「おれが？　いやいや。安い野菜があるかなって、ちょっと立ち寄っただけで」

そういってくるりとむこうを向いた。すると、農業パビリオンに人っ子一人いないことに気がついた。ブライアンは顔をしかめた。

「みんな、どこへ行ったんだ？」

＊

ドリーおばあちゃんは、キスのブースでぐっすり眠っていた。

母のスージーはパイの屋台で小説を読んでいる。

アニーとラントはドッグレース場だ。

マックス・シアラーは、百フィートの棒のてっぺんにいる。

マックスはキッチンのいすにでもすわっているようにくつろいで、あたりを見まわし感動していた。ここからだと、フェスティバル会場が全部見えるし、駐車場や植え込みや放牧場やはるかかなたの地平線まで見わたせる。

すぐ下では、丸太切り競争コーナーに集まった人々が、マックスを見上げている。マックスはにっこりして手をふった。

あまりにも高いところにいて有頂点になっていたので、下の人々が大あわてしているのに気がついていない。棒のふもとでは、警官や救急隊員や消防団員が大急ぎで保護マットを敷いている。

「いらないよ！　パラシュートがあるんだ！　これを使って飛びおりる！」マックスは叫んだ。

下の人たちにはマックスの声が聞こえないし、マックスにはみんなが声をそろえて、棒をゆっくりおりてこいといっているのが聞こえない。

大きな防水シートが運ばれてきて、広げられた。

十人以上の人たちがシートのはしを握りしめ、ピンと張った。マックスが落ちてきてもいいように、上を見つめている。

一方、棒のぼりの競技者の一人が救助に乗り出した。マックスを助けて無事におろすべく、ゆっくりと棒を登り始めたのだ。

こういったことがすべて、マックスを刺激した。

マックスはリュックからビンテージもののテーブルクロスを取り出した。細いロープが何本も結びつけられている。漁師の投げ網のようにパラシュートを放り投げ、その下に飛びおりて、優雅に漂いながら安全に着地する、という予定だ。パラシュートが機能しないんじゃないかなんて、これっぽっちも心配していない。羊の毛刈り小屋の屋根から、枕カバーをつけた卵を何度も放り投げて練習したし、たいていうまくいっていたからだ。

救助の人がどんどん近づいてくる。あと数秒しか猶予がない。

マックスは立ち上がった。

地面ではみんなが息をのんだ。

マックスは深く息を吸った。

布をたぐりよせ、空に放ち、飛んだ。

ほんのちょっとのあいだ、マックスはうまく宙に浮いたように感じた。滑空するワシや、風に乗る凧のようだと。

でも、すぐに後悔に変わった。命の危険が迫っているからだと思うよね？　ところがどっこい、このスタントをカメラで撮るのを忘れたと気がついたからなのだ。

しまった！

パラシュートはというと、落ちるマックスの速度を下げるには、ほとんど役に立たなかった。マックスは長いマフラーを巻いた隕石のように、地面に急降下した。

集まっていた人たちはたじろいだ。空から少年が落ちてくるのを見て、子どもの目をおおう人、両手で頭を抱える人。

防水シートをつかんでいた人たちは、緊張した。

ドサッ！

マックス・シアラーは防水シートの真ん中にたたきつけられ、シートは衝撃で深く沈んだ。

静寂が人々をおおった。指のあいだからようすをうかがう人、つま先で立っている人、みんな息をつめて待っている。

ゆっくりと、マックスがあらわれた。よろよろと立ち上がる。

全員が息を吐いた。ほっとしたため息がその場に満ちた。

マックスは頭をふった。ヘルメットはずれているし、飛行士用サングラスはひしゃげて、レンズが外れてしまっている。

その時、マックスはにっこり笑っていった。

「すごかったぜ！　だれか、ビデオ撮ってなかったかな？」

拍手喝采がもらえると思っていたマックスは、当てが外れてびっくり。喝采ではなく、恐怖のまなざしが向けられている。具体的にいうと、みんなはマックスの腕を見つめていた。なんだろうと思って腕を見ると、すぐにそのわけがわかった。マックスの腕はひじでぽっきりと折れ、クリスマスの靴下のようにぶらぶらぶら下がっていたのだ。

「うわ、こりゃだめだ」マックスはいった。

不正だ！

ドッグレース場には、表彰式を見ようと観客がもどってきていた。参加者たちも全員そろっている。犬たちの姿かたちはさまざまで、ハンドラーたちの姿かたちもさまざまだ。ロープの内側では、アニーとラントはファーガス・フィンクの隣に立っていた。テーブルには、小さな盾が二つと大きな銀のカップが一つ。ファーガスは早くしろといわんばかりに、ため息をついて足をぱたぱたたたいた。みんな、わたしが優勝カップをかかげるのを見るために集まっているのだから、と。

ビブ・リチャーズがメガホンから大声を出した。

「今年もおおぜいのみなさまにご参加いただいて、ありがとうございました。すばらしい大会でした。全体的にタイムがとてもよかったです。さあ、前置きはこれくらいにして、上位の発表へまいりましょう！　第三位は、ペリ・ウィルソンとルーファスで四十二秒三八！　がんばりました、ペリとルーファス。前へどうぞ」

あたたかな拍手が起こり、アニーとラントの左側に立っていたペリが進み出て、小さな盾と百ドル入りの封筒を受け取った。陽気なゴールデンアイリッシュ犬のルーファスは、賞には無関心で、近くの子どもの手からすべり落ちた食べ物に、興味津々だった。

ファーガス・フィンクは腕時計をちらっと見て、みんながあきてしまったらどうするんだと、いらいらしていた。

「さあ、第二位です。今年はすごい番狂わせ。本当におどろきました」と、ビブ。

ファーガスはアニーを見おろして、まゆをピクリと上げた。

「二位なのか？　その犬で！　そりゃ、たしかにおどろきだな。まあ、がんばったさ。誇りに思えばいい」ファーガスはばかにしたように目をぎょろりとさせた。

「第二位は……」ビブはちょっと間を持たせた。「ファーガス・フィンクとチャリオットで、四十一秒〇八！」

観客たちは、そんな、信じられないというようにざわついた。

ファーガスはしばらく、何が起きたか飲みこめなかった。

顔を真っ赤にして、その場に立ちつくしている。

「ちょっとすみません。とんでもないまちがいです。今、第二位でわたしの名前を呼びましたよね、一位ではなくて。それは――」

「まちがいではありません！」ビブは第二位の盾と封筒を、ファーガス・フィンクの胸に押しつけた。

そして、観客のほうを向いた。

「さて、今年のウーラランマ地区のチャンピオンを発表いたします。地元アプソンダウンズの無名の少女と、見たこともないほど速い足の持ち主、十一歳のアニー・シアラーとラントで、タイムは四十秒一五。ウーラランマ・ショーの大会新記録です！」

観客は歓声をあげて拍手した。ビブは、アニーが勝ったことがうれしくてぞくぞくした。にっこりしながら、銀のカップと五百ドル入りの封筒を手わたした。アニーはていねいにお礼をいうと、道具ベルトの中に封筒を押しこんだ。ビブはひざまずいて、おめでとうとラントをぱたぱたなでようとしたが、ラントはあとずさりして、アニーの足のあいだにかくれた。

「ぱたぱたされるの、苦手なんです」アニーはいいわけした。

「いいのよ。ねえ、アニーとラント、あなたがたは特別だと思うわ。おめでとう！」

ファーガス・フィンクはショックを受けて激怒した。

「四十秒一五だと？　この雑種が？　そのガキが？　ありえない。信じないぞ。これはいんちきだ！　やり直しを要求する。こんなのだめだ。ドッグレース協会にいいつけてやる。シンプキンズ！　正式な不服申し立て書を用意しろ。不正がおこなわれている。不正だ！」

シンプキンズはズボンのポケットからペンとメモ用紙を取り出し、さらさらと書き始めた。

だれもファーガス・フィンクのことなど見ていなかった。ビブはメガホンの声でファーガスの声をかき消した。

「この三組は全国大会への出場権を獲得しました。そしてなんと、オーストラリア国内で二位までに入ると、イギリスのロンドンで開かれる、権威あるクランペット・ドッグショー世界大会に招待されます。その優勝賞金は、二十五万ドル（約二千五百万円）です！」

アニーの目は真ん丸くなった。

にじゅうごまんどる。

道具ベルトのポケットにはとても入りきらない額だ。

アニーがラントを見おろすと、ラントはアニーを見上げた。

よし。これならマイナス残高を解消して、牧場を救うのに十分だ。

アニーはついに見つけたのだ。すべての問題を解決する方法を。

そっと返金

アニーはパイの屋台にもどった。

テントに入る前に、裏にあった空の段ボール箱に、優勝カップを隠した。

テントの中では、母のスージーが疲れ切った顔をしていた。

「アニー！　もどってきてくれてよかった。もう何もかもめちゃくちゃなの。缶の中から、だれかに二十ドル盗まれたのよ！　わたしが本に夢中になっていたあいだだったのね」

「ごめんなさい」アニーがいった。

「アニーのせいじゃないわよ。わたしが注意していなかったから。おまけにね、パイは一つも盗まれていない！　泥棒さえもほしがらないなんて、あんまりだわ」

「お金はきっと――」

スージーが、もっと顔をくもらせてさえぎった。

「それにね、お兄ちゃんが腕を骨折しちゃったらしいのよ、小枝みたいにポキッと。ようすを見に救護所のテントに行かなくちゃいけないんだけど、ドリーおばあちゃんはどこにいるかわからないし、お父さんも地球からいなくなっちゃったみたいだし。だから、あなたとラントで店番していてほしいの。お願いね」

スージーはさっとバッグをつかむと、アニーの頭にキスして出ていった。

アニーは母が急いで行くのを見ながら、ひどく後ろめたい気持ちになった。

大きな問題を解決しようとして、その途中で小さな問題をいくつも起こしたみたい。

マックスの折れた腕は治せないけれど、母さんの折れた心なら治せるかもしれない。

アニーはビスケットの缶に目をやり、パイの載ったトレイを見た。そして、指をパチンと鳴らした。いいことを思いついたのだ。

アニーはできるだけたくさんのパイをかかえて、テントから出た。そして気づかれないようにすばやくごみ捨て場に捨てると、走ってもどり、またたくさんのパイをかかえた。今度は賞をとった豚のいる囲いへ行き、そのパイを与えた。さらに、いろいろな袋につめこんで、もぐらたたきの台の穴に落とした。いくつかはアヒル池に流した。

最後のパイをかかえて走っていたアニーは、角を曲がったところでだれかにぶつかり、はずみでひっくり返った。

見上げると、ファーガス・フィンクだった。

酢漬けのグースベリーとメレンゲのパイが、ビロードのトレーニングウェアをゆっくりとすべりおり、地面にぺちゃっと落ちた。

ファーガスは怒りで固まっている。そばにいたシンプキンズが、すかさずポケットからブランド物のハンカチを取り出し、ウェイターがナプキンでやるようにハンカチをふると、ファーガスをふき始めた。

アニーは息が止まった。ファーガスはアニーをにらみつけ、うす笑いを浮かべて、「おまえか」とかすれ声でいった。

「すみません」と、アニー。

ファーガスはアニーとラントを交互に見た。

「ラントはどっちだ？」

「あたしはアニーで、こっちがラントです」

「そんなことわかってる。『ちびのできそこない（ラント）』はどっちだ、という意味だ」

「え？」

ファーガス・フィンクはいらいらして、せっせとふいているシンプキンズからハンカチをひったくった。メレンゲが手についてべたべたになった。

「おい、ちびども。全国大会で会うことになるが、今度はきっちり公正におこなわれるからな。わたしのタイムを上回ることなど、二度とできん。覚えておけ」

ファーガスは大またで歩いていき、シンプキンズとチャリオットがあとに続いた。

アニーは立ち上がって、屋台へかけもどった。

パイは全部なくなった。アニーは道具ベルトの封筒から五百ドルを取り出し、ビスケットの缶に入れた。

ふたをしめたとたん、スージーがもどってきた。

「マックスはだいじょうぶ。お父さんが病院へつれていったわ。今夜はおそくなる――」

スージーは言葉を切って、目をパチクリした。

「パイはどうしたの？」

「売れたよ」アニーはビスケットの缶のふたを開け、お金の山を見せた。「ほら！」

スージーはびっくりして声も出ない。

「それと二十ドルだけど、ふきんの下にあったよ。缶から風で飛ばされたんじゃない？」

「あれ、全部売ったってこと？」

「そう。ひとつ残らずね。お客さんが押しかけてきて。みんなおいしいおいしいっていってた」

スージーは口をあんぐり。その顔はしだいに笑顔になった。ほっとして、誇らしく、幸せそうな、輝く笑顔に。

「うわあ。わたしのパイ、みんなが好きになってくれたのね！」

暗闇の中の光

アニーはベッドに横になっていたが、頭の中が、考えごとや問題、希望や心配ごとでいっぱいで、眠れなかった。

そこで起き上がり、ラントの小屋へ通じる穴をくぐり、小屋からはい出て風車へ行き、雨降らし機を見上げた。

雨降らし機は一センチも動いていなかった。

今夜も雲ひとつない夜空だ。星がきらきらとまたたいている。

アニーはため息をつき、道具ベルトのポケットに両手をつっこんだ。

「どうしてうまくいかないのかなあ、ウォリーおじいちゃん」アニーはそっといった。「設計図どおりに作ったんだけど、何かまちがえたんだろうね。それか、動き出すまで少し時間がかかるのかも。ちょっとがまんしなくちゃね。でも、牧場を救うアイデアが、もう一つあるんだ」

「だれに話してる？」

暗闇から聞こえた声は、父のブライアンだった。

「ウォリーおじいちゃん」アニーがいった。

ブライアンはアニーの肩を抱いた。

「いっしょにおいで」

＊

アニーはブライアンについて庭を横切り、温室まで行った。

ブライアンは鍵を開けて、ドアを開いた。

入っていいよといわれて、アニーはびっくりした。

中へ入ると、真っ暗な中で最初に気づいたことは、においがすごいということだった。

空気が鼻にツンとくるような、心地よく、甘い香りだった。鼻から色を吸いこんでいるような感覚だった。

アニーはブライアンの後ろから、中央の暗い通路を歩いていった。何かが肌に軽くふれ、思わずびくっとした。

ブライアンが電気のスイッチを入れると、突然何もかもが金色の光に照らされた。

アニーは自分の目が信じられなかった。美しい庭の中にいるようだったのだ。乾ききった茶色い放牧場と比べて、なんと青々とした完ぺきなオアシスなのだろう。アニーは感動してあたりを見まわした。鉢植えの植物のジャングルだ。きちんと並べてあるもの、棚に載せてあるもの、地面に置いてあるもの、天井からつられているもの。小さな苗もある。小枝が四方八方に広がった変わった鉢もある。見たこともないトロピカルフルーツがなっている低木。チョウのようなランの花。あざやかな紫と黄色の満開のスミレ。葉っぱの分厚い多肉植物、入り組んだ盆栽、テントウムシのような小さな花をつけた木。

そして、長いベンチの上には、ブライアンが作った虹色のバラの木があった。誇らしげに鉢に青いリボンがついている。

ベンチにはめずらしい道具がたくさん置いてあった。長いピンセット、ガラスのスポイト、なんだかわからない粉や液体の入った瓶、霧吹き器、はさみ、剪定ばさみ、細いブラシ、虫めがね、それに小さな封筒。

その時、アニーは見た。

ベンチの上、バラの後ろに、銀のカップがあるのを。昼間、ドッグレースでもらったカップだ。すっかり忘れていた。

急に胃が痛くなった。怒られるのだろうか？

ブライアンはカップを前へずらした。

「これ、アニーのだろう？」

アニーはしばらくじっと見つめていた。

「今日、ちょっと『やさしいうそ』をついちゃったんだ」

「だいじょうぶ。父さんにはわかってるよ、アニー」

「何が？」

「おれは優秀な探偵だからね。母さんが、二十ドル札が缶からなくなったっていってただろう。ところが一日終わってみると、五百ドルも入ってた。つまりそのお金は、ドッグレースの参加費二十ドルと、優勝賞金五百ドルってわけだ」

「ああ」

「それに、屋台の片付けに行った時、ビブ・リチャーズにばったり会って、アニーとラントのことをべらべらしゃべってたしな」

「ごめんなさい」

「あやまることとなんかない。マックスがやらかしたことも気にしなくていい。おまえがどうしてドッグレースに出たのか、わかってるから。あと、二十ドルのことは、母さんにはいわんから心配するな。おたがいちょっとした秘密を持ったってことだな」

ブライアンは虹色のバラを指さした。

「ここにある植物は、いったいなんなの？」アニーが聞いた。

ブライアンは肩をすくめた。

「まあ、おれの趣味ってとこさ。品種改良の実験。接ぎ木で新しい品種を作ってるんだ」

「接ぎ木って？」

ブライアンは、棒が奇妙な形を作っている鉢の横にひざまずいた。元になる台木があり、そこから若い枝が伸びて、ひもで固定されている。

「接ぎ木っていうのは、植物を別の植物と一体化させること。それをどんどんくり返していくと、まったく新しいものができるんだ。これはまだ最初の段階だが、見てごらん」

ブライアンはアニーを手招きして、ゴルフボールほどの大きさの赤い実がついた低木を見せた。

「これなあに？」アニーがたずねた。

「これは――」ブライアンは実を一つ取ると、アニーにわたした。「モモプラチェリー」

「モモプラチェリー？」

「モモプラチェリーだ」

「聞いたことない」

「そりゃ、世界に一つしかないからな。モモとプラムとチェリーが混ざってるんだ」

「食べていい？」

「いいよ」

アニーは実をかじってみた。とたんに目を丸くした。ジューシーで甘酸っぱくて、やわらかくて熟れている。

「おいしい！　でもちょっと変わってるね」

「だろ？　これも見てごらん」

ブライアンはうきうきと地面から小さな植物を持ち上げ、ベンチに載せた。地味な白い花が咲いていていて、特にどうということはない。

「準備はいいか？」と、ブライアン。

アニーは少々困惑しながら、その植物を見つめた。なんの準備をするのか、よくわかっていなかったから。

「いいと思う」アニーはいった。

ブライアンは電気を消した。

アニーは暗闇で目をぱちぱちさせた。

「なんにも見えないんだけど」

「ちょっと待ってろ……」

アニーが目を凝らしていると、その植物の花びらが、白く光り始め、次に青くなり、緑になり、また白にもどった。

アニーはおどろいて息をのんだ。なんて美しいの。

「生物発光だ」ブライアンはそういいながら、植物に顔を近づけた。花の光で、父がにこにこ笑っているのが、アニーに見えた。「夜行性の昆虫を引き寄せるのさ」

電気をつけると、魔法は消えた。その植物はまたどうということもない植物にもどった。

「これ、ほんとにすごいね」アニーがいった。

「おれも気に入ってる。だけどこいつこそ、おれの誇りであり、喜びなんだ」ブライアンは虹色のバラのにおいを、うっとりとかいだ。「これを作るのに二十年もかかった。何百回も接ぎ木して、数えきれんほどの種類を作った。世界中から種を取り寄せて、育てて、かけ合わせた。そういや、ラントにも通じるものがあるよな？　ラントはどんな犬種かわからないまったくの雑種だが、すごく特別な犬だろ？」

「たしかに」アニーはいった。

「ビブがいってたぞ、アニーとラントのペアなら、全国大会で優勝できるだろうって。世界記録なみのタイムだったそうだ」

「そんなの無理だよ」

「まあ、練習しなくちゃな」

「ていうか……人が見てたら、ラントは走らないもん」

「ああ、そうだった。そいつはやっかいな関門だ」

ブライアンはあごを指でたたいたけれど、いい考えはうかばない。

「ウォリーじいちゃんなら、いいことを思いついたかもしれんな」

「そうだね」

「さっきじいちゃんに話しかけてた時、なんかいってなかったか？」

「なんにも」

「残念だな。おれも前はときどきじいちゃんに助けてもらったよ」

「あたしが父さんを助けてあげる」アニーがいった。

「いつも助けてくれてるさ。そうだ、ラントにはいいトレーナーをつけてやればいい。変わった行動をとる動物専門のトレーナーを。そのあいだ、マックスも落ち着いていられるだろうし」

「いいね」

「ま、それはまた明日だ。もう寝る時間だぞ、チャンピオン。優勝カップを忘れずに」

「父さんもチャンピオンじゃない」アニーは、ブライアンのバラの青いリボンを指さした。

ブライアンは、今思い出したとでもいうように、両方のまゆを上げた。

父を動物にたとえるとしたら、パンダかなとアニーは思っていた。大きくて人なつこくて、毛がもこもこしているクマだ。パンダも父も植物が大好きで、マイペースで、意地悪なところがない。

「ああ、そうだな」ブライアンは誇りを内に秘めていった。「ところで、あのパイはいったいどこへやったんだ?」

「えーと、あの……」アニーはいいよどんだ。「本当に知りたい?」

ブライアンは大声で笑った。

「いや、知らんほうがいいかもな。今日はもう、びっくりで腹いっぱいだ」

おかしいかかし

古い雨戸の板を脚立にのせたシーソー。

クリケットで使う木の棒と、ゴルフクラブを地面に突きさした、ジグザグ走りのスラロームコース。

段ボール箱をいくつもテープでつないだトンネル。

さびた門で作ったハードル。

古いバイクのタイヤ。

波形の鉄板に硬いマットをかぶせた、Aの形の急な斜面。

柵の支柱で作った平均台のようなドッグ・ウォーク。

これらがみんな、母屋の外の平らな土の放牧場にそろえられた。アニー・シアラー裏庭障害物コースだ。

それから何週間も、アニーとラントは午後になると、この即席のコースで練習した。

シアラー家の家族はカーテンの陰から、アニーとラントのようすを感心しながらのぞいていた。家に閉じこもるしかないマックスはとくに。

折れた腕をギプスで固定されて、自由に動けないマックスは、ラントが飛んだり走ったりするのを、すごいな、うらやましいなと見つめていた。

マックスは自分の部屋の窓から、アニーとラントの動画をそっと撮っていた。ラントの準備運動はすばらしかった。アニーの指の指示に従って、水のタンクをかけ上がり、後ろ宙返りしてスタッと足で着地。それからゴロンゴロンと何回も転がるようすは、まるで急な坂を転がり落ちているよう。右や左にぐるぐるまわる時は、竜巻のような土ぼこりを上げている。後ろ足で立って後ろ歩きもできる。テニスボールを投げれば、空中で体をひねってキャッチ。歩くアニーの足のあいだを、くねくねとすり抜ける。さらにアニーの背中に飛び乗り、そこからはね上がって頭を飛び越える。ふたりでかくれんぼをする時もある。アニーが目を閉じ、十数えているあいだに、ラントは猛スピードでどこかに隠れるのだ。いくら探しても、ラントは見つからない。アニーがあきらめて名前を呼ぶと、ラントは手品のようにあらわれる。

それから訓練が始まり、障害物コースを何回も何回も走る。ラントは疲れを見せず、スピードも落ちない。ゴールするたびに、アニーは毛刈り小屋で見つけたデジタル腕時計で、タイムを計る。

太陽が沈んでその日の練習が終わると、泥だらけで汗だくのふたりは母屋へもどってくる。歩きながら、アニーは決まってこう励ますのだ。

「がんばったね、ラント。だけど、明日はもっと上手にできると思うよ」

＊

夜には、アニーはラントといっしょにベッドに腰かけ、過去にイギリスでおこなわれたクランペット・ドッグショー世界大会のビデオを見た。

アニーはそれぞれの犬の走りを注意深く観察する。どの犬も毛がつやつやしていて品がいい。障害物コースは正式で専門的なものだ。アプソンダウンズのほこりっぽい練習場とは天と地ほどの差がある。おじけづきそうだけど、それでもあそこで勝つ自信はある。

問題はただ一つ。

クランペット・ドッグショーは、満員の観客が入った巨大なスタジアムで開かれるのだ。競技場には審判や役員や審査員やカメラマンもいる。その人たち全員にどこかへ行ってもらうなんて、不可能だ。

あそこで勝つためには、ラントを変えるしかない。

＊

わずかな望みは、ラントはすでにたくさんの観客の前で練習してきたということ。毎日、羊たちが集まってきて、柵に並んで練習を見ているのだ。羊たちは、ふたりが何をしているのかわからずうろたえていたが、どうやら自分たちを追い立てているのではないとわかり、ほっとしていた。

ラントは羊が見ていても気にならないようだった。ところが、祖母のドリーが洗濯物を取り込みに外へ出てきたり、ブライアンが毛刈り小屋から姿をあらわしたり、スージーが裏口をあけて、「アニー、宿題は終わったの?」と聞いたりすると、ラントはその場でストップしてしまう。おすわりして、みんなが立ち去るまで一ミリも動かないのだ。

だれもいなくなると、また動き出す。

アニーはため息をつき、どうしたものかと首をふるのだった。

＊

アニーは何かわかるかもしれないと、恐怖症について調べてみた。

バナナを見ると悲鳴をあげる女の人のこと。こわくて鏡を見られない男の人のこと。チョウやピクルスやマッシュルームやあごや赤い色や「8」という数字に恐怖を感じる人たちのこと。アニーには意外だったが、ピエロをこわがる人はけっこう多いということだ。

この世のあらゆるものには、それをこわがる人が存在するらしい。

そう考えると、ラントは別に異常ではないような気がしてきた。

アニーは、恐怖を克服した人たちの話を探した。百年前にパリにいたアンリ・モンテールという少年は、自転車に遭遇するのがこわくて、家から出ようとしなかった。両親はフランスじゅうの専門家のところへ連れていき、飲み薬や軟膏や強壮剤をもらったが、効き目はなかった。

そんな時一人の医師が、アンリに一本の鉛筆をわたし、これで切手くらい小さな自転車の絵を描いてごらんといった。アンリはいわれたようにした。そして、その絵を見た。自転車はとても小さかったので、気分がいいわけではなかったが、こわくはなかった。

医師は、毎日少しずつ大きな自転車の絵を描くようにいった。

アンリは、冬じゅう自転車の絵を描いてはピンで壁に貼った。春になるころには、部屋は自転車の絵でいっぱいになった。最後の絵は、ベッドと同じくらいの大きさになっていた。

この方法はうまくいった。

アンリは恐怖心が取り除かれただけでなく、自転車が大好きになった。夏の終わりには、新聞配達の仕事で、パリじゅうを自転車で走りまわった。十年後には、世界最高峰の自転車ロードレースにも出場した。

これを読んで、アニーはひらめいた。

まず段ボールで人型を一人分作り、笑顔を描いて、練習コースのはしに立てかけた。初めくんくんにおいをかいでいたラントは、そのうち気にしなくなった。

それから、毎日一人ずつ増やしていった。

作り物の観客はだんだん手がこんできた。アニーはストッキングや麻袋に詰め物をしてかかしを作り、破れた服を着せ、香水やオーデコロンをふりまいた。頭は風船でできていて、風が吹くとふわふわ動く。本物の人間だと思わせるために、アニーはかかしたちに話しかけた。

ブライアンはごみ捨て場でプラスチックのマネキンを二体見つけた。スージーは洋裁で使うマネキンにカラフルな服を着せて、アニーにくれた。マックスもロックバンドのポスターを何枚かくれたので、アニーはピンで柵にとめた。

それから、ウォリーおじいちゃんのラジカセを使って、スポーツ中継やコンサートの観客の声を録音し、訓練中に大音量で流した。ラントのスピードはぜんぜん落ちなかった。

そこでアニーは、第二段階へ進もうと決めた。

いよいよ本物の人間を招くのだ。

*

全国大会まであと一週間。ラントがマッシュ社のドッグフードに夢中になっているすきに、スージー、ドリー、ブライアン、マックスの四人が練習場へしのびこみ、段ボールの人形やマネキンや風船頭のかかしの横に、銅像のように立った。

ドリーははでなマネキンの隣だ。まゆを上げてあいさつする。

「よくいらっしゃるの？」

マネキンは何もいわない。

「恥ずかしがり屋なんだね」ドリーはマックスにいった。

シアラー家の面々は、じっと静かに立っていた。

ラントはドッグフードをきれいになめきってしまうと、アニーのあとから練習場へ入っていった。

アニーはスタートラインで立ち止まらせた。そして、魔法の指を突き出す。ラントは指示どおりおすわりした。アニーはコースの真ん中へと歩く。心臓がどきどきする。ちらっと家族を見ると、ピクリとも動かずに、ろう人形のようにまっすぐ前を見ている。アニーは希望の光を感じた。

ラントはというと、首をまわしてブライアンのほうをちらりと見たようだ。ブライアンはハッとして汗が出てきた。鼻がむずむずする。

アニーは大きく息を吸った。

指を高く上げる。

「三……二……一……行け、ラント！　ゴー！　ゴー！　ゴー！」

ところが、ラントは動かない。なんにも聞こえないみたいに。

その代わり、後ろ足で耳をかいた。

「ほら、どうしたの！　ゴー！　ゴー！　ゴー！　ゴー！」

アニーはその場で手をふったり、ジャンプしたり、スキップしたりしたが、ラントはびくともしない。

アニーはため息をついた。

「残念ね」スージーがまだろう人形のようなポーズで、口のはしでささやいた。

アニーはがっくりと肩を落とした。

「しょうがない。みんな、もう行ってもいいよ」アニーはいった。

家族はいっせいに息を吐き、動き出した。ブライアンは通りすぎる時、アニーの肩をぎゅっと抱きしめた。

コースに見物人がだれもいなくなると、アニーは魔法の指を上げた。三つ数えてさっと腕をふる。

ラントは行動に移った。

けれど、見ている者がまだいたのだ。

遠くの丘の上から双眼鏡でのぞいているのは、ファーガス・フィンクだった。

シンプキンズが寄りそって、主人の目に双眼鏡を当てている。というのも、ファーガスは白いペルシャ猫を両手でかかえていたからだ。猫は満足そうにのどを鳴らしている。

午後じゅうずっと見ていたファーガスは、ようやく見るのをやめて、まゆをつり上げた。

「非常におもしろかった」

血統

血統というのはくだらない考え方だ。

犬には血統がある。競走馬にもある。羊にもある。そして、人間にも血統があると考える人たちがいる。

血統というのは、両親がかしこくてすばらしく、その上の両親たちも優秀であり、そのまた上の両親たちもりっぱであるならば、その家系に生まれただけで、子どもはかしこくてすばらしく、優秀でりっぱにちがいない、という考え方だ。

もちろん、そんなことはありえない。

両親がいくらすぐれていても、子どもががっかり人間ということはありえる。逆もまたしかり。ひどくおぞましく恐ろしい親から、明るく才気あふれる善良な子どもが生まれることだってあるのだ。

血統が大事だと思うのは、いい血統の出身だと思っている人だけだ。自分は何も成しとげていないのに、先祖の業績だけに注目して得意になっている。

たとえば、ファーガス・フィンクも血統に誇りを持つ一人だ。

ほかの人よりもいい生まれだと固く信じているので、どんな時でもエリート・チャンピオンのようにあつかわれることを望んでいる。

ファーガスが、長い歴史のあるフィンク家に生まれたことはたしかだ。そして、フィンク家は犬の障害物レース界ではたいへん有名である。犬のトレーナーやハンドラーとして、まぎれもない大成功をおさめてきた。

このイベントが設立されてからというもの、フィンク家の先祖代々が、オーストラリアの全国大会やイギリスでのクランペット・ドッグショー世界大会で優勝しているのだ。

一九二〇年代のフェリック・フィンクから、一九三〇年代のフィグネイシャス・フィンク、一九四〇年代のファーガリン・フィンク、一九五〇年代のフィニガン・フィンク、一九六〇年代のファリントン・フィンク、一九七〇年代のファンクリン・フィンク、一九八〇年代のファーバート・フィンク、一九九〇年代のフリーダ・フィンクまで全員。

そして今、リードを握っているのはファーガス・フィンク。

ところがファーガスになったとたん、国内でも海外でも優勝できなくなってしまった。ファーガスは毎年レースに出て、十五回第二位になっている。永遠に二位、銀メダリストなのだ。優勝をのがすたびに、今度こそ優勝しなければというプレッシャーはどんどん強くなっている。フィンク家全体からの圧力を感じるのだ。そのせいでファーガスは冷酷で怒りっぽく、やけくそになっているが、そのくせ、どういうわけかますます自信過剰になってきている。

ファーガスの考えでは、優勝できないのは自分のせいではない。トレーナーであるシンプキンズと、とりわけ、犬のチャリオットが悪いというのだ。ファーガスはチャリオットをひどくきらっている。

実は、すべての犬がきらいなのだ。

ファーガスは、犬はがさつで不快な動物だと思っている。ごみの中を転がったり、理由もなく吠えたり、体をかいたり、悪臭を放つもののにおいをかいだり、きたないものをなめたりする。犬はよく考えもせずに主人に従うばかなやつだと、軽蔑している。ファーガスにいわせれば、犬は強いだれかに従うしかない、弱い動物なのである。

というわけでファーガスは、動物の中でいちばんなのは、猫だと思っている。

猫は自尊心が強く、身のこなしもすばらしい動物だ。自分を高く評価し、指示に従わないところがファーガスのお気に入り。猫は飼い主の気を引こうなんて、これっぽっちも思わない。むしろ、猫がこうしたいと思った瞬間に、飼い主はその時やっていたことをやめて、世話してくれるものだと思っている。猫は興味がなければジャンプして輪っかをくぐったり、板の上を歩いたり、トンネルの中を走ったりしない。もしそうしたとしても、それは猫がやりたかったからだ。猫はおもしろそうだと思わなければ、だれの指示にも従わない。猫は人に飼いならされない。人が猫に飼いならされるのだ。

その上、必要なら何時間でもじっと隠れていて、今だという時に飛びかかり、飼い主を殺すことだってできるんだぞと思い知らせる。おまえが生きているのは、生きていていいと、おれが許したからだと。

ファーガス・フィンクは猫を十二匹飼っている。友人はいない。

いちばん近くにいる人間はシンプキンズで、そうじや料理、ファーガスのあらゆる気まぐれに対処している。今年、ファーガスはシンプキンズに、チャリオットの訓練を一日に二回やるようにといいつけた。

これはシンプキンズにとって、面倒でもなんでもない。シンプキンズは犬が大好きで、とりわけチャリオットのことはすばらしいと思っているからだ。決して無理強いはしないし、すぐにほめて、体をトントンたたいてやる。ごほうびに与える骨の形のおやつは、自分で焼いたものだし、訓練が終わればマッサージをしてやる。

ファーガスは競技会の前日になって初めて練習にやってくる。いい加減に手をふってチャリオットを走らせると、タイムを計り、シンプキンズの苦労とチャリオットの能力を、自分の手柄にするのだ。

「わたしはチャンピオンだ。そういう血が流れている」ファーガスはいった。

ファーガスはこのように血統を重視している。だから、自分はドッグレースで優勝する運命にあると信じている。人となりより血統が大事だからだ。血統が、人のおこないを決めるといってもいい。

王室を思いうかべてほしい。王や女王に王子や王女が生まれれば、やがてその子は王や女王になり、王子や王女が生まれる。それがずっと続くのだ。

歴史をふり返ってみても、子どもたちはその家の家業を継ぐことがふつうだった。パン屋になったり、鍛冶屋になったり。炭鉱労働者、仕立屋、プロの犬のハンドラー、そして牧場主。

そんなわけでアニー・シアラーも、最近よく考えているのは、血統について。家族について。受け継ぐべきものについて。そして代々伝わってきたものに沿って生活することについて。

ラントの親がどんな犬種なのだろうと思ったからではない。

アニーは自分の父のことを考えていた。

温室のドアに鍵をかけている父。大きくて分厚い手に小さなピンセットと細いブラシを持ち、虫めがねで花びらや葉っぱをのぞいている。木や花をいじっている時の父は、とても誇(ほこ)らしげに見える。温室のオアシスの中では、マイナス残高や干(かん)ばつの心配をすることはない。牧場で羊といる時よりも、ずっと幸せそう。だから温室の中のことは秘密(ひみつ)にしているのかなと、アニーは思うのだった。

だめ、だめ、だめ

「ウノ！」

全国大会の二日前、シアラー家の家族は、ダイニングテーブルでカードゲームのウノをしていた。まだ腕にギプスをしているマックスが、また勝った。

母のスージーがカードを集めて切った。

「アニー、どうしたの？　ウノではいつも負けないのに」

アニーは肩をすくめた。

「ラントのしつけ方がまだ見つからないの。もう時間がないし。どうしたらいいかわからなくて」

テーブルにどんよりした空気が流れた。すると、祖母のドリーが指をならした。

「メレディス・クロイドン覚えてる？　本屋をしてた人。店は何年か前に売っちゃったけど。小さくてかわいい女性。オートミールみたいに退屈だけど。彼女の旦那さんのハロルドは、どこへ行くにもベンツを運転してたね。鼻高々でさ。牛乳を買いにいくのに、革の手袋をはめて運転してるんだからね。勘弁してよって感じ。そしたらデアドラ・スピナカーが、スーパーのカートをそのベンツの後ろのライトにぶつけちゃってさ、あんなにかんかんに怒った人、見たことないよ。爆発しちゃうんじゃないかと思ったね」

　父のブライアンがテーブル越しに手を伸ばし、ドリーの手をやさしくつかんだ。

「母さん、おもしろいけど、話がそれすぎて、おれが爆発しそうだ」

「ああ、そうだね。なんの話だっけ？　そうそう、メレディスはフリッツっていうスピッツを飼っていて、メレディスの汚れた靴下を食べちゃうのさ」

「飲みこむのかい？　それともスピッと吐き出すのかい？」と、ブライアン。

　みんなはブライアンをぎろりとにらんだ。

　ドリーは話しつづけた。

「メレディスはフリッツを、パーチメント・クリークの催眠術師のところへつれてった。おまじないをかけたら、どうなったと思う？　その犬は今では足をこわがるってさ」

「それで思い出した」と、スージー。「ちょっと前新聞で、ホリスティック動物行動学者の記事を読んだわ」

　マックスが目を丸くして、がばっと体を起こした。

「エロティック？」

「ホリスティック。エロティックじゃなくて」

「なあんだ」マックスはがっかり。「ホリスティックってどういう意味？」

「うーん……ほんとはよくわからないんだけど、精神的なことだと思う。引退した軍用犬や問題のあるペットを、週末にみているそうよ」

　マックスはよくわからない顔をした。

「なんかばかみたい」

　スージーはまゆをつり上げ、大きな声でいった。

「他人のことをばかだのなんだのって、いえる立場じゃないでしょ？　あんたの考えることといったら、自分の体に火をつけたり、ビルから飛び降りたりすることくらいじゃないの。どう？　ラントをロケットにしばりつける？　それとも家族全員の頭をサメの口につっこむ？」

　まさに「問題のある」息子であるマックスは、母の声の調子から、これ以上議論することは賢明ではないとさとった。マックスは肩をすくめ、腕をテーブルの下に隠した。

「ところで」ブライアンが話題を変えた。「おれもちょっと読んだものがあるんだ」

「ほんと？」アニーとスージーとドリーは声をそろえた。

「ほんとだよ」ブライアンはいささかむっとしていった。「バーナデット・ボックス。聞いたことあるか？」

みんなは首をふった。

「アニーも？」

「うん、聞いたことない」

「へえ、そうかい」ブライアンはうれしそうにいった。「バーナデット・ボックスは一九九〇年代に、犬の障害物レースの全国大会で五回も連続優勝したんだ。それ以来、一回もレースに出ていない。レーダーから消えちまった。完ぺきに消えた。だがな、よく聞けよ、おれは調べたんだ。そしたら、ここから二時間くらいしか離れていない山の中に住んでるってわかった。その人なら、なんとかしてくれるんじゃないか」

みんなはアニーを見た。

「明日、その人たちに会いに行ける？」アニーはいった。

ブライアンはうなずいた。

「やってみればいいさ」

＊

チックタック、チックタック。

ワーナー・グルーヤー博士は、やせっぽちで頭のはげた人だった。丸い銀ぶちめがね越しに真っ青な目で見つめてくる。黄色い半そでシャツに、明るい茶色のネクタイをしている。

アニーとラントはオーク材の机の前に、居心地悪そうにすわった。聞こえる音といったら、部屋のすみの振り子時計だけ。

チックタック、チックタック。

グルーヤー博士の後ろの壁には、スイスアルプスの絵と、セントバーナード犬といっしょに山の頂上に立っている、博士の写真がかかっている。博士も犬もすごくまじめな表情だ。

この部屋にもう十分もいるが、アニーは博士がまばたきするのを見ていない。アニーの目のほうがむずむずしてきた。

「それでは、きみはこの犬の恐怖を取り除きたいのだね」博士はいった。

「恐怖かどうかわかりません。ただ、みんながいる時に、あたしの指示がきけるようにしてあげたいんです」

博士はアニーを見つめた。

「パフォーマンス不安だな。興味深い症例だ。深く入っていかなければならない」

「深く？」

「無意識の奥深くに。そこにすべての真実がある。起きている時間には、みんなうそをついているんだ」

「それはちょっと――」アニーは反対しようとした。

「すべての原因には根源がある。すべての反応には動きがある。すべての終わりには始まりがある。学んだことは学びなおさねばならない。成しとげたことは元にもどさねばならない。根源へと旅立たねばならない」

「わかりました」ちっともわからなかったが、アニーはそういった。

「そのために、深く入っていかなければならない」

博士はとうとうまばたきをした。ゆっくりと。まるで爬虫類のように。

すると、博士は急に立ち上がった。

「あそこへどうぞ」博士は革のソファーを指さした。

アニーはとまどいながら、部屋のむこうのソファーにすわった。ラントもついていった。

博士はドアのそばにあるかさ立てから、かさを取り出して広げた。白黒の大きなうずまきもようがあらわれた。それをラントの前にさし出してぐるぐる柄をまわすと、出口のないトンネルのように見えた。博士はやさしく低い声でいった。

「きみは麦畑を走っている。どんどん走っている。でも疲れてきたよね？　足がとても重い。そこでゆっくり走る。ゆっくりゆっくり。そして歩く。くるくるまわって、休むところを見つけよう。とても疲れているから。足が重いから。わたしが指を鳴らしたら、きみは横になって眠るよ」

かさはまわるのをやめた。博士は指をぱちんと鳴らした。

ラントは動かない。

博士はもう一度指を鳴らす。また鳴らす。

「横になって眠るんだ」

ぱちん、ぱちん、ぱちん、ぱちん。

ラントはアニーを見上げた。アニーはラントを見おろした。

その時、どすんという大きな音がした。

ふりむくと、博士が床にあおむけに倒れ、大の字になっている。

いびきをかきながら。

*

外では、ブライアンがピックアップトラックの中で、クリケットのラジオ中継を聞いていた。

助手席のドアが開き、アニーとラントが乗ってきた。

「もう終わったのか？　早かったな。どうだった？」

「だめ」

「だめ？」

「だめ」

＊

パール・ファーンリーフは紫色の服を着て、小さな羽根の装飾品、ドリームキャッチャーをイヤリングにしていた。髪はからまった鳥の巣のようなドレッドヘア。体からはハーブの香りがする。そして、犬の言葉で犬と話し合えると信じている。

アニーとラントは、ろうそくのともったパールの瞑想小屋で、竹の敷物にすわっている。パールは小屋の反対側で、足を組み、目を閉じ、何もいわずにすわっている。

すると、パールの鼻がぴくっと動いた。何かをくんくんかぎ始める。やがて口が開き、舌が出た。パールはハアハア大きな息をしている。

アニーもラントもどうしたらいいかわからない。

突然パールが四つんばいになったので、ふたりともたじろいだ。パールはしっぽをふるように、お尻をくねくね動かしている。そして、アニーに向かって、あごでボールを転がした。パールはワンワンと吠え、待った。

アニーは恐る恐るボールを投げた。パールはキャンキャンいいながらボールを追いかける。

ラントは、こいつは新種の犬かなというように見ていた。

パールは小さな口で大きなボールをくわえるのをあきらめ、ラントのところへ走っていくと、くんくんかぎまわった。そしてまた吠え、あおむけになって足を宙に突き上げ、舌を出した。それからくるりと回転して、ふせの格好をした。遠くからだれかに名前を呼ばれているとでもいうように、注意深く聞いている顔だ。そして、頭をそらして遠吠えした。

ラントはアニーを見た。アニーもラントを見た。

遠吠えはやっと止まった。パールは目を閉じ、腕を広げた。それから手を合わせ、おじぎをした。

パールは目を開け、何時間も眠っていたかのようにおどろいた顔をした。

「だい……じょうぶ、ですか?」アニーがたずねた。

「アニー、この犬は、ふつうじゃないわ」

「ふつうじゃない?」

「ぜんぜん。わたしを拒絶している。この子の先祖のエネルギーと交信できないの」

「ああ、いいです。ちょっと意味がわからないし」

「アニー、わたしたちはみんな、過去の命の入口なの。わたしたちは、先祖の博物館なの。

ラントの中には、先祖のオオカミの精神が宿っているけれど、包み隠されているのよ。ラントには強いストレスがあって、内なる光が出てくるのをさえぎっているの」

「まだよくわかりません」

パール・ファーンリーフは、ビロードの袋のひもをほどき、鉛筆くらいの太さの、水晶の棒を取り出した。

「では最初に、チャクラの通り道をきれいにしなければ」

「え、なんですって？」

「チャクラの通り道。しっぽを持ち上げていてくださる？」

ラントは、水晶の棒で何をされるのか感じとったらしく、目を細くして低いうなり声をあげた。

＊

ブライアンはピックアップトラックの窓から長靴の足を片方突き出し、座席にもたれかかってうとうとしていた。

「父さん！　行くよ！」

ブライアンは目を覚まし、パチパチまばたきました。

「エンジンかけて！」

ブライアンは頭をふってすわりなおした。目をこらして見ると、アニーとラントがこっちへ走ってくる。ラントの口からは、紫色の布切れがたなびいている。

ブライアンがエンジンをかけると、アニーとラントが飛びこんできた。

「行って！　早く！」

ブライアンはすばやくアクセルをふんで車を出した。

「だめか？」

「だめ」

＊

一時間以上、乾いた平らな牧草地を走っていると、やがてうっそうとした森の山道にさしかかり、トラックは急な坂道を登り始めた。アニーは窓から背の高い木々を見上げながら、ひざに広げた大きな地図をときどきたしかめていた。

ついに、細い泥道に折れて、でこぼこのくねくね道を進む。木の枝がトラックをこすり、アニーもブライアンも座席ではずみながら、森の奥へと入っていく。

ようやく着いた。

ブライアンは門の数メートル手前で止めた。門にはこんなおどし文句が書いてある。

「私有地につき、立入禁止！　不法侵入禁止！　来訪者おことわり！」

門のむこうは草ぼうぼうの庭で、ごみやがらくたでいっぱいだ。そのむこうには、すぐに修繕しないとくずれそうな、がたがたの小屋がある。

「これで最後」アニーはひとりごとをいった。

ブライアンは心配そうに小屋を見やった。

「本当にここかい？」

アニーはもう一度地図をなぞった。

「そうだと思う」

「今回はおれもいっしょに行こう」ブライアンはいった。

アニーとラントとブライアンはトラックからおり、そろそろと門に近づいた。虫の声と鳥の声以外、静まりかえっている。

ブライアンが門の掛金に手をふれたとたん、大きな声がした。

「来るな！　おことわり！　興味なし！　ほっといて！　バイバイ！」

だれがわめいているのか、すぐにはわからなかったが、窓の中に女の人がいるのが、アニーにはちらっと見えた。カーテンがしまり、姿は見えなくなった。

ブライアンはため息をついた。

「まただめだな。おいで、アニー。だれにも来てほしくないみたいだ」

一行はとぼとぼとトラックへもどった。ギアをバックに入れながら、ブライアンはアニーの肩をさすった。

「残念だったな。空振り三振だ」

けれど、アニーは何かを一生懸命考えていた。

「待って」

いいことを思いついたのだ。

ブライアンはブレーキをふんだ。

「どうした？」

アニーはトラックから飛びおりた。

「ちょっとやってみる」

ブライアンもドアを開けた。

「ううん、父さんはここにいて」と、アニー。

「だいじょうぶか？　気をつけるんだぞ！」

アニーとラントが門に近づいていくと、砂利が足の下で音を立てた。アニーは庭全体をしっかり見た。

そして用心しながら門の掛金を外し、庭へふみこんだ。

窓のカーテンが少し開いた。

その時、アニーは勝負に出た。

魔法の指を突き立て、ラントを動かしたのだ。伸びきった草のあいだをジグザグに走らせ、壊れたプラスチックのいすの下をくぐらせ、牛乳ケースを跳び越えさせ、ぐらぐらするフェンスにからみついているブラックベリーのトンネルを、猛スピードで抜けさせた。

「それ！　はい！」

ラントはさびたバスタブをジャンプで跳び越えた。

「よし！　待て！　ふせ」

ラントは次にたきぎの山に登り、てっぺんでバランスを取って走りおりた。すばやく確実な動きだ。アニーが両腕を横に突き出して輪っかを作ると、ラントは輪くぐりをした。

すると、ラントはぴたっと止まった。

おすわりをしたまま、身動き一つしない。

なぜなら、バーナデット・ボックスが小屋から出てきて、見ていたからだ。背の低い、頑丈そうな人。破れたデニムのシャツに、つぎを当てただぼだぼのズボンをはいて、腕組みをしている。

「あなたはアニー・シアラーね」

アニーはあとずさりした。

「あー……はい」

「そして、この犬がラント」

「どうして知ってるんですか？」

バーナデットは答えずに、くるりとむこうを向き、ポーチへの階段を上ると、玄関のドアを開けて中へ消えた。

後ろ姿を見送りながら、計画がうまくいかなかったと、アニーはがっかりしていた。そして、ラントを見おろしていった。

「人が来るのはいやみたい」

ふたりは門のほうへ歩き始めた。

すると、ドアがぱっと開いて、バーナデットがまたあらわれた。

「ちょっと、入るの？　入らないの？」

絆

外から見ると、バーナデットの小屋は不気味で人を寄せつけない雰囲気なのに、意外にも、リビングはこぢんまりしていて居心地がよかった。

アニーは暖炉の火がパチパチはぜているそばに立ち、バーナデットが台所からもどってくるのを待った。暖炉の上には金のトロフィーが並んでいて、アニーの目はくぎづけになった。壁には、若くて笑顔のバーナデットと黒いラブラドール犬の、額に入った写真がずらり。新聞記事もある。アニーは見出しを読んでみた。

みごとなデビュー！
ボックスとモクシー、再び勝利！
無敵の王者！
完全無欠だワン！
記録やぶりの強さ！

一面の記事にはこんなことが書いてあった。

突然の引退に、犬のレース団体は衝撃を受けている。

バーナデットが紅茶とビスケットをトレイに載せて、カチャカチャいわせながらもどってきた。

「父さんが、あなたはチャンピオンだったといっていました」

「ずっと昔ね。過去の話よ」

バーナデットはそういうとトレイを置き、やさしい目でラントを見つめた。ラントはぐるぐる歩きまわっていたが、ようやく暖炉の前の敷物に寝そべった。

「モクシーもよくそこで丸まってたわ。まさにその場所」バーナデットが感慨深そうにいった。

「バーナデットさんとモクシーは、すばらしいチームだったんですね」アニーはまだ目を丸くして、壁に貼ってあるものを見ている。

バーナデットは話を変えようとした。

「どうぞすわって」

「はい」

アニーはあたりを見まわし、小さな木のスツールに腰かけた。バーナデットのリビングにはふつうのいすが一つしかなかったから。

「ごめんなさい。あまり人が来ないので」と、バーナデット。

アニーは紅茶をいただきますといった。でも砂糖がなかったので、道具ベルトのポケットから角砂糖を二つ取り出し、カップに入れた。バーナデットはものめずらしそうに、そのようすをながめていた。

「あなたと犬のことを話してちょうだい」

アニーは紅茶をすすった。それから、ラントのことを話し始めた。町の人が「ラント（ちびのできそこない）」という名前をつけたこと。そしてつかまえようと追いかけまわしたこと。ラントとアニーは出会って、親友になったこと。アニーの行くところ、ラントはどこへでもついてくること。

話し始めると止まらなかった。

アニーは干ばつと干上がった川の話もした。アール・ロバート＝バレンのこと、家の羊牧場のこと、ウォリーおじいちゃんと雨降らし機のこと。マイナス残高につぐマイナス残高のこと。全国大会でいい成績を収め、ロンドンのクランペット・ドッグショーで優勝すれば、すべて解決できるという計画についても話した。

アニーが紅茶を飲み、話し終わるころには、バーナデットは感動して涙ぐんでいた。

「ですから、バーナデットさんの助けがいるんです。チャンピオンだから」と、アニー。

「わたしの助け？　そんなの必要ないわ。ドッグレースで優勝するには、たった一つだけ大切なことがあるの。練習量は関係ないし、トロフィーなんかより大事なこと。そして、あなたたちにはもう備わってる」

　アニーは小さなスツールから身を乗り出した。

「それはなんですか？」

「絆よ。ふたりがつながろうとする力。おたがいに愛し尊敬すること。ラントは、あなたがどうしてほしいのかわかっているの、あなたが考えるより先にね」

「バーナデットさんとモクシーもそうでしたか？」

　バーナデットは壁のモクシーの写真を見上げ、うなずいた。誇らしそうでもあり、悲しそうでもあった。

「クランペット・ドッグショーでも優勝したんですか？」

「それには出てないわ」

「でも、出る資格はありましたよね。どうして行かなかったんですか？」

バーナデットは肩をすくめた。

「モクシーは旅がきらいだったの。ひとりぼっちで暗い箱に閉じこめられるのが不安で、いやだったのね。あんまり吠えたりクンクン鳴いたりするので、いたたまれなくなって。でも出ればきっと優勝していたわ。すばらしい犬だったから」

アニーはうなずいた。

「ラントも同じ感じで、どうしたらいいかわからないんです。さっき見たでしょう？　だれかが見ていると、とたんにこわがって動かなくなるんです。それで相談したくて来たんです。いいアドバイスがあればって。全国大会には人がおおぜいいるし、ましてやロンドンにはもっといます。モクシーの不安はどうやって取り除いたんですか？」

「なんにもしてない」バーナデットはそっけなくいった。

「なんにも？」

「こうなれ、なんて指示しなかった。そのままを受け入れただけ。何かを押しつけても不安にさせるだけだから。モクシーらしくいさせてやりたかった」

「そうですか。それで引退したんですか？」アニーはいった。

バーナデットは大きく息を吐き、首を横にふった。

「親友のモクシーが死んで、立ち直れなくなったの。ほかの犬を訓練するなんて、考えられなかった。モクシーが恋しくなるばかりで。わたしたちは何か特別なものを共有していたの。でも、あの競技とはまだ自分なりにつながっているのよ。だからあなたたちのことも知っていた。だけど、わたしもラントに似て、あんまり人がおおぜいいるのは、好きじゃないのよ」

アニーはバーナデットを見上げた。いいたいことはよくわかった。

バーナデット・ボックスを動物にたとえるなら、サバンナセンザンコウだなと、アニーは思った。アフリカに生息するアリクイに似た動物だ。サバンナセンザンコウは深い巣穴に一匹だけで住み、硬いうろこのよろいで身を守る。敵が来ると小さなボールのようにぎゅっと丸まるので、傷つけられることはない。サバンナセンザンコウは、外見は気むずかしく疑り深いように見えるが、いったん信頼すればとてもやさしく人なつっこいのだ。

「ちょっとこわい人かもしれないって心配してたんですけど、バーナデットさんっていい人ですね」アニーはいった。

突然、ドアを激しくたたく音がして、ふたりともびくっとした。

「おーい、アニー？」

ブライアンがドアの網戸越しにのぞいている。

「おーい、だいじょうぶか？」

アニーは立ち上がった。

「もう行かないと。お茶、ごちそうさまでした」

バーナデットはにっこり笑ってうなずいたが、アニーが帰ってしまうのはさびしそうだ。

ふたりはぎしぎしいう廊下を歩いた。アニーとラントは外へ出た。

「すまん」ブライアンがいった。「じゃまするつもりはなかったんだが、ぜんぜんもどってこないからさ。大鍋でシチューにされてんじゃないかって、心配になってな」

バーナデットはまゆをつり上げた。

「じょ、冗談ですよ」ブライアンはもごもごいうと、せきばらいした。「あの看板とかを見たら……」

アニーはバーナデットのほうにふり返った。

「お会いできてよかったです」

バーナデットはうなずいた。

「わたしもよ。ラントにも会えてよかった。明日はがんばって、アニー」

アニーと父は歩いていった。ラントが忠実にうれしそうにアニーについていくのを見て、バーナデットはほほえんだ。アニーとラントは切っても切れない相棒なのだ。

門が開いた時、バーナデットは急に思い立って、大声でいった。

「アニー！　待って！」

バーナデットが手招きしている。アニーは走って引き返した。腰の道具ベルトがぱたぱたしている。

「あたし、忘れ物しましたか？」

「ちがうの」

バーナデットはひざまずいて、アニーの目の高さになり、アニーにしか聞こえない小さな声で話した。

「ラントはこわがっているわけじゃないって、いいたかったのよ。それどころか、とても勇敢な犬だと思う。ただ、長いあいだだれにもかまってもらえなかった。でもアニーと出会って、ほかのだれもよくしてくれなかったのに、アニーだけは親切にしてくれた。だから、ラントはどこへ行くにも、アニーについていくのよ。ラントはあなたを選んだの。あなたはラントを選んだ。だからあなたたちはすばらしいチームになったのよ。ラントにしてみれば、ほかの人は関係ない。あなたが大事。あなたがラントにとっての全世界なの。あなたといっしょに走ったり、飛んだり、遊んだりするのは、楽しいからよ。そうやって、ぼくはうれしい、ありがとうっていう気持ちをあらわしているの。ふたりで分かち合いたいことなの。ほかの人じゃなくてね。これは大事なことだから、よく覚えておいて。わかった、アニー？　問題は、ほかの人に見られていることじゃなくて、ラントはあなただけを見ていたいのに、ほかの人が見えてしまう、ということよ」

革細工

帰り道では、アニーも父も口を開かなかった。

アニーの頭の中はぐるぐるまわっていた。希望も何もない。いくら訓練しても、能力があっても、解決に一歩も近づいていないのだから、なんにもならない。

トラックは山道をおりて、広々とした牧草地へもどってきた。日が沈みかけている。金色の夕日が、ブライアンの横顔をまっすぐ照らしている。ブライアンは運転席と助手席のあいだにある収納のあたりを手で探った。

「なんでサングラスがないんだ？」

ブライアンは目を細めたが、それでもまぶしすぎる。そこで、手をカップのようにして目の上に当て、前が見えるように日射しをさえぎった。

アニーは父を見て、ぱちんと指を鳴らした。

いいことを思いついたのだ。これが最後の望み。

アニーは地図を広げてひっくり返し、裏の白い面を出した。そして、道具ベルトから鉛筆を取り出すと、夢中で絵を描き始めた。

ブライアンはちらっと見てほほえみ、「じいちゃんにそっくりだ」とつぶやいた。

＊

家に帰り着くと、もう真っ暗になっていた。

アニーは大急ぎで母屋に飛びこんだ。

母のスージー、祖母のドリー、兄のマックスがぱっと顔を上げた。

「どうだった？」と、スージー。

「だめ」アニーは息つくひまもなく答えた。「だけど、なんとかなると思う。うちにまだミシンある？」

「ええ、物置のどこかにあるわよ。どうして？」

アニーはテーブルに飛んでくると、地図の裏を広げた。

スージーは立って、その絵をながめた。

「なるほど！」スージーは叫び、手をぱちんと打って、みんなを注目させた。

「いい？　もう時間がないの。おばあちゃん、馬小屋へ行って、馬の目隠しを持ってきてください。マックス、はさみと接着剤を持ってきて。あ、それとハンマー。アニー、その道具ベルトをここに置いて。あれやこれや、使うかもしれないから」

ブライアンが足を引きずりながら入ってきた。長い一日に疲れ果て、あくびをしたりあごをかいたりしていたが、家族がきびきびと動いているのにびっくりした。

「みんな、どうした？」

「ああ、やっと来てくれた。あなたの古い革ジャケットを持ってきてちょうだい」スージーがいった。

ブライアンはまゆをひそめた。

「なんでだ？」

「リサイクルするのよ」

「いや、あれはまだ使えるよ！」

「あなた、あれ二十年も着てないわよ」

「大きさだって、ぴったりなんだ」

スージーは、うそおっしゃいという顔をした。けれど、アニーの「お願い！」という表情をみたブライアンは、革ジャケットを提供することに決めた。

テーブルの上に、いろいろなものが積み重なっていく。

スージーは最後に、大きなミシンをどすんと置き、ほこりをふいた。肩からは長さを測る巻き尺がぶら下がっている。

そして、裁縫用具入れから糸巻きを取り出し、ミシンにセットした。

「さてと、あれはどこかしら？　ああ、腕が落ちてるかもしれない。全部そろった？」

「そろったと思うよ」と、ドリー。

「待って、まだそろってないわ。ブライアン、どこ？」スージーが呼んだ。

ブライアンは遠くの部屋からぼそぼそと話している。

「ここだ」

「え？」みんなが大声で聞き返す。

「まだここにいる！」

「ジャケットはあった？」

「ああ」

「じゃ、早く持ってきてちょうだい！」

しばらく声がしない。

「無理だ」

「どうして？」みんなが大声で聞く。

また沈黙。

すると、ブライアンが部屋に入ってきた。明らかにサイズの小さい黒の革ジャケットの中で、体をちぢこませている。両腕がかかしのように、横に突き出ている。

「身動きが取れん」ブライアンはきまり悪そうにいった。

家族は一瞬ブライアンを見つめていたが、ドリーとマックスが大爆笑した。ブライアンの顔は真っ赤だ。

スージーが、もう、仕方がないわねというように大きく息をつくと、ブライアンのところへ行った。

「古くなって縮んだんだろう」ブライアンがいいわけした。

スージーはうなずいた。

「きっとそうよ」

「上等な革だと、よくそうなるんだ」

「そうね」スージーはあいづちを打った。

スージーはアニーを手招きした。そしてふたりでジャケットを引っぱって脱がそうとした。

「腕が抜けちまう！」ブライアンがわめいた。

「そもそもどうやって着たのよ？」

スージーはブライアンの背中に足をかけて、力いっぱいそでを引っぱった。アニーももう一方のそでを一生懸命引っぱった。

思いきり引っぱると、ジャケットはスポッと抜け、ブライアンは前につんのめり、スージーとアニーは後ろにひっくり返った。床に転がったみんながなんとか立ち上がるのを見て、ラントはわけがわからず首をかしげた。ブライアンは肩をなでていたが、それより傷ついたのはプライドだろう。

「さあ、これでよし。仕事にかかるわよ」スージーがいった。

＊

それから二時間以上、アニーがデザインを見直したり改良したりする一方、スージーは巻き尺で測り、はさみで切り、縫い、引き裂き、結び、ハンマーで打ち、試し、縫い目をほどき、固定し、また縫った。

やっとできあがった。

スージーが持ち上げる。

「やれるだけやったわ。試してみて」

スージーはアニーにそれをわたした。革ひもと留め金とカーブした革の板でできた奇妙な物体だ。

「何これ？」と、マックス。

「見てて」アニーがいった。

アニーはラントの前にしゃがみ、この発明品をラントの頭にぴったりかぶせた。耳が出るつくりになっていて、あごの下でしっかりと留め金をとめる。革の板が、帽子のつばのように目のまわりをおおい、前だけが見えるようになっている。そこにはアニーの顔があった。

ラントは二、三回ぶるぶると頭をふった。

「ああ、目隠しか。すごいじゃない、アニー」ドリーがいった。

「うまくいくかどうかやってみない？」スージーがいった。

家族はみんな、そっとラントの視界から消えていき、壁に背中をつけた。ラントの耳がみんなの行くほうへぴくぴく動いている。

ラントはアニーがドアのほうへ下がるのを見た。

アニーは息をつめる。

そして、魔法の指を上げた。

アニーは自分のつま先を指さした。

「おいで、ラント」

ラントは動かない。

スージーは指を組んで祈った。ドリーも祈る。マックスの目はくぎづけだ。ブライアンは口の中で、「がんばれ、ラント」といっている。

「おいで、だいじょうぶだよ」と、アニー。

ラントはためらいがちに頭を低くした。まるで冷たい水の中に飛びこもうとしているかのように。

アニーはかがんで、ラントの目の前に顔が来るようにした。

「だいじょうぶ。おいで」

すると、ラントは慎重に一歩ふみ出した。そして二歩目。とうとうアニーのところまで歩いていった。

アニーが指をさっと上げると、ラントは後ろ足ですたっと立ち上がった。ぐらぐらしていない。アニーはラントを元にもどし、宙に円を描いた。ラントはぐるぐるまわる。

家族は拍手喝采。

「うまくいったわ!」スージーは目を輝かせた。

「革が上等だからな。これを着れば勇気が出るんだ」と、ブライアン。

「ありがとう」アニーはみんなに感謝した。とくにラントに。

第97回オーストラリア・ドッグレース全国大会

シアラー家の家族は遅れている。

とても遅れている。

家族全員、黄色いセダンにぎゅうづめで走っている。ラントは後部座席で、アニーのひざにすわっている。

午前中いっぱい走って、やっと町についた。町の道路は車が混んでいて、ブライアンはあたふたした。ハンドルを握る手に力を入れすぎて、こぶしが白くなっている。

スージーが冷静に道を教える。

「はい、左車線に入って出口を出て。あと――」

「こいつらが入れてくれないんだ！」ブライアンがさえぎった。「見ろよ、これ！　車線に入れてやるのは法律違反だってのか？　この車が見えないのか？」

「落ち着いて、まだ時間はあるから。出口は――」と、スージー。

「時間はないよ！　もう三十分だよ！」後ろからドリーが叫ぶ。「大会に間に合わない！」

「二十分ごとにトイレ休憩しなけりゃ、もっと早く着いてたよ、母さん！」

「年寄りはトイレが近いんだよ、ブライアン！　おまえだって年取りゃわかるさ」

　スージーはもう一度いった。

「はい、ゆっくり左へ寄って、出口は――」

「腹へった。なんか食うものないの？」マックスが文句をいった。

　アニーは道具ベルトのポケットをさぐり、アーモンドとレーズンを一つかみ取り出すと、マックスにわたした。

「おう、サンキュー」

「よし！　今だ！」

　ブライアンは叫び、左車線へ急ハンドルを切った。当然クラクションが激しく鳴らされる。

「ブライアン、そこじゃ――」

「それっ！」ブライアンはクラクションを鳴らし返し、出口車線へ折れて高速道路を出た。満足げだ。

「思いきりゃいいのさ」静かな道路に入りながら、ブライアンは挑戦的にいった。「恐れず立ち向かうべき時だってある。町のやつらに、おれたちの力を見せつけてやれ」

「すばらしいわ、あなた。でも、出口がちがうのよ」と、スージー。

「出口を出ろっていったじゃないか！」

スージーがしんぼう強く説明した。

「最後までいわせてくれないんだもの。出口はあと二キロっていおうとしてたのよ」

「うそだろ！　……」

ブライアンはいい返そうとしたが、すぐにそんなことしてもむだだと思い直した。

「みんな、じゃまするなよ」ブライアンはぶつぶついった。「集中したいんだ。さてと。ここはどこだ？　道に迷ったぞ」

＊

スージーの道案内におとなしく従って運転していると、車は突然オーストラリア・ドッグレース全国大会の会場に着いた。

シアラー家の家族はみんな車から飛び出し、入口へ急いだ。

アニーは中へ入ると、受付の机の後ろにいた女性に近づいた。

「すみません、あたしはアニー・シアラーで、この犬はラントです。障害物レースに参加したいんですけど」

受付の女性はふっくらしていて、髪を大きく結っていた。女性はこともなげにいった。

「ずいぶん遅刻ですね」

「おれのせいなんです」ブライアンがいった。

「あたしのせいでもあるの」と、ドリー。

「ここ、何か食べ物ありますか？」そういったマックスは、スージーに頭の後ろをひっぱたかれた。

受付の人はアニーの肩ごしに「ペニー！」と叫んだ。みんなはびっくり。

「探していた遅刻の人が来たわよ！　連れていって！」

ボランティアの人が心配顔でやってきた。クリップボードを胸にぎゅっと抱きしめている。だれかにとられるのが心配だとでもいうようだ。

「あなたが、アニー・シアラーさんですか？」

「はい」

「ああ、よかった！　ずっと探していたんです。ずいぶんおそ……いえ、その、ずいぶんお若いんですね」

「何か問題でも？」ドリーが本能的にこぶしを握りしめた。

「いえいえ、もちろんだいじょうぶです」ペニーは目を丸くした。「びっくりしただけです。それに遅れたので、練習時間が取れません。それでも参加したいですか？」

「はい、したいです」アニーはいった。

「わかりました。ではすぐに来てください。もうすぐ始まります」

ペニーは残りの家族にいった。

「受付でチケットをもらってください。ゲートAを入れば席が見つかります」

「アニーといっしょには行けないんですか？」ブライアンが聞いた。

「すみません、競技者だけです」

「だいじょうぶだよ」アニーがいった。

「みんなをやっつけておやり！」と、ドリー。

ペニーについてアニーが行こうとした時、スージーが追いかけた。

「待って、アニー！　これ忘れないで！」

スージーはバッグからラントの目隠しを取り出した。

「ああ、ありがとう」アニーはほっとしていった。

スージーはにっこり。

「みんなで応援してるわ。ラントには見えないだろうけどね」

*

アニーとラントはきびきび歩くペニーについて、長い廊下を走るように進んだ。ペニーは歩きながら、クリップボードの紙をめくっている。

「あなたたちの順番は三番目ですから、もうコースに出ていましょう。ところで、書類に犬種が書いてないようですね。なんの犬種ですか？」

「ラントです」アニーがいった。

「ええ、名前は書いてあります。犬種が知りたいんです」

「わかりません」

「血統書(けっとうしょ)があったはずですけど。ブリーダーのお名前は？」

「そういうのはありません。それって重要ですか？」

「ご両親に聞いてみましょう」

「両親もわかりません。ラントは野良犬だったんです」

ペニーはおどろいて立ち止まった。

「野良犬なの？」

「いいえ、野良犬だったんです。今はうちの家族といっしょに暮(く)らしています。でも、どこから来たのかなんて、だれも気にしていません」

＊

スタジアムには両サイドに観客席が設(もう)けてあった。満員だ。シアラー家の家族は、ほかの観客たちにすみませんとあやまりながら、いちばん上の座席(ざせき)へ登っていった。

座席にすわり、競技場にしきつめられた明るい緑色のマットを見おろす。ジャンプ台や障害物は白くてきれいだ。コースのへりには、マッシュ社のドッグフードの紫色の広告幕がある。白黒のしまのシャツを着た審判が、役員席をのぞきこんでいる。壁の高いところには、電光掲示板がある。

「すげえちゃんとしてる」マックスがいった。

「そりゃ、ちゃんとしてるさ。全国大会だからな！」ブライアンが、こんなところ、しょっちゅう来ているとでもいうようにいった。

黄色いパンツスーツを着た司会の女性が、マイクを持ってコースの中央にやってきた。

「第97回オーストラリア・ドッグレース全国大会へ、ようこそいらっしゃいました！」

司会者はにっこり笑って拍手に応えた。

「全国の優秀な犬舎や訓練所から参加者が集まりました。今年はかなりレベルの高い大会になりそうです！　さあ、そろそろ開始とまいりましょう。最初のチーム、どうぞこちらへ。シャロン・スプラウトとハンガリアン・ビズラのポップロックです！」

アニーは観客席の横の、待機場所に立っていた。シャロンとポップロックが走ってコースにやってくると、観客たちはあたたかく拍手をした。

アニーはひざまずいて、ラントの目隠しを調整した。

「だいじょうぶよ、ラント。見える？　いるのはあたしだけ。ほかにはだれもいないよ。家にいるのと同じ。ふたりだけ。だいじょうぶ、できるよ」

　近くの廊下(ろうか)のすみから、こっそりのぞいているのは、ファーガス・フィンクだった。紫(むらさき)の飾(かざ)り房(ふさ)のついた金のスパンコールのトレーニングウェアを着ている。その後ろではシンプキンズが、チャリオットが入ったキャリーケースをかかえている。

　ファーガスは悪魔(あくま)のような笑みをうかべてふり返った。

「シンプキンズ、公式規則集(きそくしゅう)を持ってこい。早く！　ぐずぐずするな！」

　ファーガスはアニー・シアラーにむかって目を細め、ひとりごとをいった。

「これで一巻(いっかん)の終わりだ」

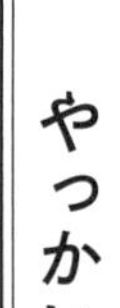

やっかいな問題

シアラー家の家族は座席から身を乗り出すようにして、ポップロックの疾走を見ていた。ダッシュし、はねまわり、飛び、ゴールラインをかけ抜けた。審判は役員席にむかって緑色の札を上げた。ポップロックはすべての障害物をクリアしたという意味だ。少しすると、電光掲示板にポップロックの名前とタイムが表示された。

「四十一秒三九。すごいな」ブライアンがいった。

ドリーはばかにしたように、手をふりまわして叫んだ。

「どうってことない！　けちらしてやれ！」何年もおとなしかった負けん気が、よみがえってきたようだ。

スージーが横を見ていった。

「ちょっとふたりとも、静かにして。サッカーの試合じゃないんだから」

司会者が笑顔でまたやってきた。

「最初からすばらしいですね。お次は有名チームの登場です。ホラス・シュミックとボクサー犬のピーナツ、どうぞ！」

観客が拍手した。

席にすわってからずっと動画を撮っていたマックスは、何かおもしろそうなものはないかときょろきょろした。頭を後ろにそらして見ると、屋根の下に高い足場がある。マックスはその足場を凝視した。

スージーはすぐに気がついて、マックスの耳にささやいた。

「変なこと考えるんじゃないわよ。全身ギプスになってもいいの？　それに、全部自分の責任になるんだからね」

マックスはふてくされた顔でうなずくと、またカメラの録画ボタンを押した。

＊

アニーは、ホラスとピーナツがコースをまわるのを、間近で見ていた。ピーナツは高跳びのところでバーにふれ、バーは地面に落ちた。審判は赤い札を上げた。タイムに加算されるのがわかった観客は、残念そうにうめいた。

ゴールに着いたホラスは肩を落としていた。ピーナツをなぐさめるようにトントンしていたが、ピーナツはどこ吹く風といったようす。

次はアニーだ。名前が呼ばれるのを、どきどきしながら待っている。

廊下の暗がりから、シンプキンズが重そうな革表紙の本をかかえてもどってきた。

「おそいじゃないか！」ファーガスは本をひったくり、急いでページをめくった。

ホラスとピーナツがアニーの横を通りすぎると、司会者が中央に出てきた。

「お次のチームは非常に楽しみです。はるばるアプソンダウンズから来てくれました、史上最年少のハンドラー、アニー・シアラーと」――司会者は顔をしかめ、競技者カードのラントの血統を探した――「犬の……ラントです！」

アニーは大きく息を吸いこむと、ラントを従えて出ていった。まぶしくて目を細める。ライトが思ったより明るい。全員がこっちを見つめている。一瞬、ぴーんと糸を張りつめたように静かになったが、次の瞬間には拍手の嵐が降ってきた。

目隠しで視界がさえぎられているラントは、頭を低くしたままだ。

最上段のシアラー家は全員立ち上がって、歓声をあげた。ブライアンはこの上なく誇らしそうに、指をさしてにこにこした。

「出てきた！」

ブライアンは興奮して、隣の観客をつついた。その人は迷惑そうに、ひざにのせたポップコーンの入れ物をつかんだ。

「あれ、うちの娘なんです！　そしてうちのラント！　見て！　アニー、がんばれ！」

スージーは拍手しながら叫んでいる。もう目が涙でいっぱいだ。

ドリーはいきり立って、こぶしをふりまわしている。

「やっちまえ、アニー！」

競技場では司会者がアニーに笑顔を向けた。

「がんばって！」

審判がスタートラインを示し、アニーはラントを連れていった。そして、しゃがんでラントの顔を上げ、まっすぐ目を見た。

「いい？　家と同じよ。柵の外にいる羊は気にしないで、あたしを見て。だいじょうぶ。ここで勝てばロンドンに行けて、借金を返せるし、好きなだけマッシュのドッグフードを買ってあげるからね」

審判が声をあげた。

「位置について！」

アニーは魔法の指を上げ、ラントに「待て」の指示を出した。

アニーはラントから離れた。ラントは前のめりになったが、スタートラインからは出なかった。

アニーはコースの中央に立ち、ぐるりと見まわして障害物を確認し、正確な道順を頭の中で描いた。

そして、ふり向いてラントを見た。

胸がドキドキする。

観客は静まった。

魔法の指がふるえる。

「待った！」

コースのむこうから、声がとどろいた。

「競技中止！」

観客はおどろき、わけがわからずざわついた。

次の瞬間、ファーガス・フィンクが、公式規則集から破いたページを持って飛び出してきた。そして、司会者からマイクを奪うと、コースの真ん中へずかずかと歩いた。

「みなさん、重大な違反が起きています！　不正！　裏切りです！　この若い陰謀家の無邪気な見た目にだまされないでください。恥ずべき不正が明らかになっています、みなさんの目の前で、そして、この邪悪な生き物の目のまわりで」

ファーガスはなじるように、ラントを指さした。

シアラー家の家族は混乱した。

ドリーはぼうぜんとしている。

「だれだい、あの金ぴかのオウムは？」

ファーガスは続けた。

「この公式規則集に書いてあります。第六条第二項。ハンドラーと犬は、リードやそのほかの道具を用いてはならない。ところがみなさん！　この犬は規則違反の道具を身につけ、不正に利益を得ようとしています。証拠は明白です！　疑う余地はありません！　反論の余地なし！　このチームの即刻失格と、神聖なドッグレースからの永久追放を要求します！　正義の戦士フィンク家の一員として、この日をわれわれの歴史における暗黒の一日と位置づけます。このようなゆゆしき不正を阻止する勇気あるヒーローがいたことに、感謝しましょう！」

ブライアンはかんかんに怒った。

「いったいなんの話をしてるんだ？」

両手をふりまわしたものだから、うっかり隣の人のひざにのったポップコーンの入れ物にぶつかり、入れ物は宙に飛んでポップコーンがばらまかれた。

これに喜んだのはマックスだ。よくばりなリスのようにポップコーンを口につめこみ、とうとうスージーに手をひっぱたかれた。

競技場ではアニーがひとりぼっちで立っていた。

アニーは、審判と役員が深刻な顔で話し合っているのを見つめていた。かわるがわる、黒い電話で話している。ファーガス・フィンクと司会者はそばに立っている。ペニーも心配顔で、役員席に近づいてきた。

アニーはとまどい、どうしたらいいかわからない。ラントの目隠しが規則違反になるなんて知らなかった。スタジアムじゅうの目が自分に注がれていて、体が縮んでいるように感じる。アニーはラントを呼び寄せたいと思った。ラントが横にいれば、どんな時もうまくいっていたから。

ペニーがまだクリップボードをかかえたまま、ようやくアニーのところへやってきた。

「ごめんなさい、アニー――いっしょに来てください」

「でも、あたしの順番なんです！」

ペニーはコースの反対側にある二枚扉のほうへ、アニーをつれていった。ラントもついていく。

司会者はファーガス・フィンクから、マイクをもぎ取った。

「中断して申し訳ありません。この競技者からの申し出は検討に値すると判断されましたので、急きょ審議が開始されました。アニーとラントは審査の対象となる、と決まりました」

観客はざわざわし、大きな声でブーイングを始めた。アニーは自分がブーイングされているのかと思った。ファーガスもそう思い、すましてうなずいた。

けれど、アニーが二枚扉を出ていく前に、観客はアニーの味方だと明らかになった。

「彼女に走らせろ！」だれかが叫ぶ。

「さっさとやれ！」

「あの子にやらせろ！」

観客席の最上段では、シアラー家の家族が激怒していた。

「審判め、引っこんでろ！」マックスが叫ぶ。

ブライアンとドリーは階段をかけおりていこうとしたが、スージーはいつものように冷静だ。ふたりをなだめてすわらせた。

「ちょっと待ってようすを見ましょう」

審議

暗い廊下に、アニーの足音がひびく。スタジアムの騒音は聞こえない。

「どこへ行くんですか？」アニーは不安そうにたずねた。

「もうすぐ着きますよ」ペニーがいった。

「あたし、悪いことをしたんでしょうか？」

ペニーは答えない。

ふたりはある部屋の外で立ち止まった。看板に「オーストラリア・ドッグレース協会理事室」とある。

ペニーはドアをギーッと開けて、アニーを中へ入れた。

百年もドアを開けていなかったかのように、中の空気はむっとしていた。モスグリーンのじゅうたんはごわごわしている。壁には木製の盾がいくつも飾ってあって、過去の勝者の名前が金文字で書かれている。ほかにも過去の全国大会の白黒写真や、協会創立者たちが誇らしげに犬と立っている絵が飾ってある。

部屋の奥には、長い机のむこうに、理事が四人すわっていた。それぞれの前には、名前が彫ってある真ちゅうのプレートがある。いちばん右の席にはだれもすわっていない。

ペニーはクリップボードから紙を一枚抜いて、真ん中の席のいかめしい顔をした老人にわたした。ロン・ロナルズという理事長だ。少ない髪の毛は白く、ツイードのスーツに茶色いネクタイをしめている。

ペニーはていねいにおじぎをし、後ろ向きに歩いて部屋を出ると、ドアをしめた。

ロン・ロナルズは分厚いめがねをかけているにもかかわらず、ジャケットの内ポケットから虫めがねを取り出し、ペニーにわたされた紙を読んだ。ほかの理事たちはだまって待っている。

アニーは両手を後ろで組んで立っていた。

ラントはおすわりして、アニーの足首のにおいをかいでいる。

やっと、ロンがせきばらいをして、ラントを一分近くじっとにらんだ。

「お嬢さん、きみの相棒が身につけている装具の説明をしてもらえますかな？」

「これは、あたし以外の人が見えないようにするためのものです。ほかの人が見えると、動かないんです。速く走らせるためとかではありません。それに、効き目があるかどうかも、まだわからないんです」

ロンはゆっくりとうなずいた。

ほかの理事たちは顔を寄せて、ぶつぶつと話し合っている。アニーは話を聞こうと、耳をそばだてた。

「いや、競馬ではよく使われていますよ。どうしてこれがいけないのか――」

「競馬の騎手はむちも使いますよ、チョーンシー夫人。ドッグレースでもむちを許可しますか？」

「規則では、禁止するのはリードのことだと理解していますが」

「またはそのほかの道具。これは明らかにそれに当たります！」

「問題は、犬の視界をせばめると競争力が増すのか、ということでは？」

「もちろん増します！　これによって気が散らなくなるのですから。それに――」

「しかし、コース全体を見ることもできなくなります。それは明らかに不利でしょう」

「犬は自分自身で集中し、統制をとらないと」

ロン・ロナルズが骨の形の小づちをバンとふりおろした。アニーはびくっとした。

「もうよい！　静粛に。では多数決をとる。チョーンシー夫人、いかがかな？」

「許可します」と、チョーンシー夫人。

「マッグズくんは？」

「許可できません。正式に失格です」えらそうにお高くとまったようなマッグズ氏がいった。

　ロン・ロナルズは左を向いた。

「ピッツくんは？」

「許可します」ピッツ氏はいった。

　ロン・ロナルズはゆっくりとうなずいた。

　アニーは希望に胸をふくらませながら、ロンを見た。

「わたしの意見だが、規則の解釈について考えた結果、この装具の使用は認められない。これを使用すれば失格となる、というのがわたしの見解だ。だが、問題の装具を外せば、レースに出てタイムを記録してもいいだろう」

　アニーは立っているのがやっとだった。ロンが話せば話すほど、ちんぷんかんぷんになってくる。

「つまり、レースに出てもいいってことですか？」と、アニー。

「賛成でもあるし、反対でもある。ご覧のとおり、二対二で、インパスだ」

「インパス？」

「引き分けってこと」チョーンシー夫人がいった。

「同着」と、マッグズ氏。

「同点」と、ピッツ氏。

理事たちはいっせいに、机のはしの空いた席に目を向けた。

「多数決は八年以上やっていませんでしたからな」ピッツ氏が首をふりながらため息をついた。

「残念ですわ」と、チョーンシー夫人。

ロン・ロナルズがまた小づちをふり上げた。

「もう一人の理事が欠席で決がとれないので、レースに出てもいいかどうかは決められない。というわけで、残念ながらきみは――」

アニーの後ろで、ドアがバタンと開いた。

ふり返ると、部屋へ入ってきたのはバーナデット・ボックスだった。

「小づちをおろしなさい、ロン」

理事たちは息をのんだ。びっくりしすぎて声も出ない。

バーナデットはアニーに小さくウィンクすると、ばたばたと奥へ進み、議決権のある五人目の理事としての正式な席についた。

「許可します」

そして手を伸ばしてロンの小づちをひったくり、バンとふりおろしてうなずき、にっこりした。

「さあ、レースに行きなさい、アニー」

アニー登場

シアラー家の家族は、すっかり希望を失っていた。

ブライアンは腕組みをして、座席でうなだれている。ドリーとスージーは顔をしかめており、マックスはふくれっつらをしている。アニーがどこへつれていかれたのか、だれにもわからない。

競技場ではシュナウツァー犬がゴールに入った。シアラー家は落ちこみすぎていて、拍手をする気にもなれない。ブライアンの隣の人は、新しいポップコーンをパクついていた。

司会者がコースの中央に進み出た。

「フランシス・オブライエンとキットに拍手を！　すばらしかったですね。よくがんばりました。みなさん、これで全チームが競技を終えましたので……」

「何いってんだ。アニーはどうした？」ブライアンがいった。

「あの金ぴかのテナガザルが優勝だなんて、最悪じゃないか」ドリーが電光掲示板を指さしていった。

三十八秒八六というタイムで、ファーガス・フィンクがトップに立っている。ほかのどのチームよりも明らかにいい成績だ。

長年二位に甘んじてきたが、とうとう一位でレースを終えたのだ。

ファーガスはコースの横で、司会者がしゃべるのをにやにや待ちながら、早くチャンピオンだといってもらいたくてうずうずしていた。

「今年の優勝者はもちろん――」

司会者は突然話をやめ、ふり返った。役員席から手招きされ、黒い電話をわたされた。

電話を聞き、うなずき、電話を切った。

「みなさん、席におつきください。よいお知らせがあります。競技はまだ終わっていません！　理事会の結論が出まして、アニー・シアラーとラントは走れることになりました！」

みんなは拍手喝采。

スージーはにっこりした。

「ああ、よかった！」

「出てきたぞ！」マックスが指さした。

二枚扉が開いて、アニーとラントが競技場に出てきた。観客の歓声はさらに大きくなった。

ファーガス・フィンクは怒り狂った。審判につめよっていったが、追い払われた。

「さあ、アニーの登場です！　このチームが本日のラストで、三十八秒八六よりよければ優勝となります。でもみなさん、来月ロンドンでおこなわれる、クランペット・ドッグショーには、一位と二位のチームが招待されるのです。そこでは、二十五万ドルの優勝賞金をかけて戦うことになります」

「なんだって？」シアラー家はいっせいにいった。

ブライアンの目と口は大きく開いた。

「今、なんて……」

「二十五万ドル」ドリーがきっぱりいった。

「すっげえな」と、マックス。

「アニーはだからあんなに一生懸命だったのね」スージーがそっとひとりごとをいった。

スージーは誇らしさに胸をいっぱいにしながら、アニーが再び競技場を進み、ラントを白いスタートラインにすわらせるのを見ていた。

アニーがひざまずく。

「さっきと同じよ、ラント。チャンスだからね。あたしのいうとおり、がんばるのよ。今度はだいじょうぶ」

アニーが再びコースの中央の位置につくと、観客は静かになった。

シアラー家の家族は緊張している。

ブライアンはぎゅっと指を組んで祈った。

「ラント、走ってくれ。たのむよ」

役員たちは審判にうなずき、審判はうなずき返した。

アニーは深く息を吸った。

魔法の指を上げ、合図を待つ。

三……二……一……

「ゴー！　ゴー！　ゴー！　行け、ラント！」

ラントは大砲の弾のように飛び出した。

「いいよ！」スージーがこぶしをふりながら叫んだ。

ラントは飛んでいた。アニーはわくわくしながら、ジグザグのスラロームをすばやく走らせ、平均台を通過させ、タイヤを跳び越えさせ、最初のトンネルをくぐらせた。

観客の声援はどんどん大きくなった。ラントはシーソーに飛び乗り、そろそろと歩いてかけおり、ハードルを跳び越え、向きを変えてまたトンネルをくぐった。アニーは正確に指示を出し、魔法の指で順路を示していった。

ドリーは座席に浅く腰かけ、ぴくぴく動いていた。アニーたちといっしょに走っているかのようだ。

マックスはふるえる手で動画を撮っている。

ブライアンは息もできず、まばたきもせず、完全に固まっている。

ラントはロングジャンプを終え、ゴールラインめがけて突進した。

ついにゴール！　ラントはくるくるまわってすわった。まだ走りたそうにしている。

アニーはへとへとだ。心臓が飛び出しそう。

観客は夢中で拍手した。そして、アニーとラントは不可能を可能にしたのではないかと、ささやき合っていた。みんなの期待をこめた静けさが、スタジアムをおおった。

審判は緑色の札を役員席にむかって上げた。

すべて合格。

みんなの目が電光掲示板に向けられた。

ただ、スージーだけはとても見られなかった。

バーナデット・ボックスは、競技場のはしのドアのすきまからのぞいていた。

「がんばれ、アニー」バーナデットはささやいた。

ファーガス・フィンクは電光掲示板を凝視している。

アニーはラントにむかってにっこりした。結果はもうわかっている。

ふたりの名前の横に、タイムが表示された。

三十八秒七八。

アニーとラントの優勝だ！

観客はどよめいた。興奮し、喜んでいる。アニーの顔は赤くなった。ラントはアニーを見上げている。

「がんばったね、ラント。やったよ」

ブライアンは両手を突き上げて飛び上がった。またもや、隣の人のポップコーンをひっくり返し、空中にばらまいた。シアラー家の家族は抱き合い、踊り、叫んだ。マックスはあんまりきつく抱きしめられて、窒息しそうになりながらも、カメラをぐるっとまわして観客席を撮影した。

ファーガス・フィンクはかっかしていた。シンプキンズは、おまえのせいだと長々説教されないように、チャリオットをつれてそっと退場していた。ファーガスは役員たちに怒りをぶつけ、両手で机をバンバンたたいた。

「うそだ！」ファーガスはまるでだだっ子のようにいった。「うそだ！　うそだ！　うそだ！　うそだ！　うそだ！　わたしが勝った！　わたしが勝った！　明らかな規則違反だ！　わたしが勝った！」

けれど、だれも聞いていない。アニーとラントの勝利が、みんなうれしくてしかたがないのだ。

バーナデット・ボックスは、手で口をおおって笑いを隠していた。そして、そっと廊下を歩いて帰っていった。

司会者がアニーとラントをコースの中央につれてきた。そして、大きなガラスのトロフィーと封筒と、千ドルの小切手をかたどったボードをわたした。

ボランティアやスポンサー、ほかの競技者と犬たちが全員出てきた。みんなにこにこしながら近くに立った。カメラマンが近づいてきた。

アニーとラントは恥ずかしくて、後ろに下がった。

「前に出てきて、アニー！ あなたたちがいなくちゃ終われないわ！」と、司会者。「おめでとう、アニーとラント、新しいオーストラリアチャンピオンです！」

観客がよくやったとほめたたえた。

「なんてすばらしいのでしょう。最年少のハンドラーにして、最年少チャンピオンです。アニー、今どんな気持ちですか？」

「えっと……」アニーは言葉が見つからない。「わからない。すごくうれしい、と思います」

ラントの気持ちは乱れていた。人がおおぜいいて、大きな声が聞こえ、カメラのフラッシュがたかれて、どうにもがまんできない。ラントはアニーの後ろに隠れ、頭をゆらした。目隠しを前足でかくとゆるくなって外れた。頭を上げてスタジアムを見ると、人や犬でいっぱいで、みんながラントを見ている。

ラントは圧倒されてあとずさりした。ここで本能の引き金が引かれた。

ラントは廊下にむかって突進し、消えた。

犬たちは吠え、ラントを追いかけようとハンドラーのリードを引っぱったので、コースの中央は大混乱になった。

アニーはトロフィーも封筒も小切手のボードも、何もかも落っことし、ラントを追いかけて競技場をつっきり、二枚扉のむこうへ消えた。

観客席の最上段では、すべてのなりゆきを見ていたシアラー家の家族が、たいへんだ、と急いで荷物をまとめ、階段をかけおりていった。

ロンドンへ行くには

家族は、近くの公園の木の下で、アニーとラントがすわっているのを見つけた。

「ああ、よかった、見つかった。ラントはだいじょうぶ？」スージーが聞いた。

スージーは目隠しを持ってきたし、マックスはトロフィーを、ブライアンは大きな小切手のボードを、ドリーは封筒を握りしめていた。

「少しはよくなったよ」アニーがいった。

「アニー、勝ったな！　ほら！」

ブライアンが大きな小切手をさし出したが、アニーは受け取らない。

「いい。父さん、持ってて」

「ラントは稲妻みたいだったわ！」スージーがいった。

「ぼくたち、いつロンドンに行くの？」マックスが聞いた。

「行けないと思うよ」ドリーがいった。

いたって深刻な口調だ。みんなはいっせいにドリーを見た。ドリーは封筒を開けて、中に入っていた小さな活字の書類を読んでいた。老眼鏡を忘れてきたので、目を細めたり、書類を持つ腕を伸ばしたりしなければならなかった。

「行けないって、どういうことだい？」と、ブライアン。「アニーは、ロンドンのクランペット・ドッグショーの参加資格を勝ち取ったっていわれたじゃないか」

「資格はね。だけど……」

「どうしたの？」アニーがいった。

ブライアンはドリーから書類を取り、ぶつぶつつぶやきながら目を通した。

「……好成績を心より祝し……うん、うん、うん……招待状を授与します……うん、うん、うん……」

「もっと下だよ」ドリーがいった。

「……ただし、『飛行機代などの旅費、宿泊費、参加費、保険料、付随する費用、そのほか参加するためにかかる経費は、すべて競技者の負担とします』」

「どういう意味？」アニーが聞いた。

「つまり、ロンドンへ行くお金はない、ということよ」スージーがそっといった。

「本当にすまない」ブライアンは本気でそう思っているようだった。胸の中でふくらんでいた喜びは、しぼんでしまった。事実、家族はみんなしょげかえっていた。

「だけど……賞金もらったじゃない」アニーがいった。

「おれも一瞬、だいじょうぶだと思った。けど、千ドルの小切手があっても、旅費はもっとかかるんだ」ブライアンが答えた。

アニーはスージーに目をやったが、その表情から、父のいうことは正しいとわかった。

すべてが終わったのだ。

＊

牧場に帰った夕方、アニーは障害物練習コースを片づけた。羊たちが柵に並んで、何をやっているんだろうと見守っている。アニーは棒を引っこ抜き、板を積み重ね、高跳びの道具を取り壊した。もう必要ないんだから、と。

ラントも手伝った。小さなものを引きずってきて積み重ねる。

ブライアンが練習場の門を開けて入ってきた。

「手伝おうか？」

アニーはバイクのタイヤを転がしながら、肩をすくめた。

「あのお金、マイナス残高の分に足りる？」

アニーの言葉に、ブライアンは胸をさすった。胸がいっぱいになって爆発しそうになったからだ。

「アニー、何もかも自分でなんとかしようなんて、思わなくていいんだ。おまえが幸せでいてくれることが、いちばん大事なことなんだぞ」

アニーが手を離したので、タイヤはぐらぐらして倒れた。

「でも、自分でなんとかするのが、うれしいんだもん」

ブライアンはくすくす笑った。たしかにそのとおりだ。

ブライアンはラントに目をやった。

「おい、ラント、おれの言葉なんか聞いちゃいないだろうが、おまえはすごい犬だぞ。今日はすばらしかった。アニーもな。家族の誇りだ。あのな、観客の中のあるご婦人が、このタイムなら、ロンドンへ行くお金を出してあげてもいいっていってたんだ。どうだい、考えてみるか?」

ふたりはだまって、もしそうなったらどうなるか、よく考えた。

「まあとにかく、アニーしだいだ」ブライアンはせきばらいをすると、門を後ろ手にしめ、重い足取りで歩いていった。

アニーが地面に目を落とすと、雨降らし機のかげに立っていることに気がついた。雨降らし機は凍りついた観覧車のように、ぴくりとも動かない。風も雲も雨も希望もない。一生懸命やったことが、なんにも実を結ばないように思える。

アニーのそばでは、かかしの風船の頭がしぼんで、にやりと笑っている。なんだかばかにされているみたい。すごく腹が立って、アニーはかかしを押し倒した。ああ、すっきりした。するとまたどんどん腹が立ってきて、仕立て用のマネキンや洋服屋のマネキンを押し倒し、段ボールで作ったほかの観客を壊した。

すべてをめちゃくちゃにすると、アニーは悪いことをしたと感じた。そこで、仕立て用のマネキンを起こすと、泥を払った。

「みんな、ごめん」アニーはいった。

〈不死身のドリー〉

暗くなってきたころ、ラントはしんぼう強くえさのボウルの横におすわりしていた。この世で大好きな二つのものを見上げながら。一つはアニー・シアラー。もう一つはマッシュ社の缶入りドッグフードだ。

アニーがふたをパカンとあけ、缶をさかさまにすると、円筒形の中身が出てきてペチャッとボウルに落ちた。ラントは飛びついた。

ドリーが部屋のすみで、身を乗り出してそのようすを見ている。

「ほんとにこのフードが好きなんだねえ」

「これしか食べないの」アニーがいった。

「まあ、今日はごほうびだ」ドリーはそういうと、アニーを手招きした。「おいで。見せたいものがあるんだよ」

アニーはドリーについて、ドリーの部屋へ行った。棚にはきらきら光るトロフィーやメダル、儀礼用のリボンやサッシュ、それにチーム写真が並んでいる。その真ん中に、農業フェスティバルの時にアニーがもらった銀のカップと、今日もらった全国大会のガラスのトロフィーがあった。

ドリーがカップとトロフィーを指さした。

「これ、外のごみ箱の横にあったよ」

「いらないから」と、アニー。

「どうして？」

「こんなのがあっても、なんの役にも立たないもん」

ドリーはアニーを見つめ、しばらく考えていた。

そして、古いたんすの中を引っかきまわし、くたびれた革（かわ）のボクシンググローブを取り出した。

「手を出してごらん」

ドリーはアニーの両手にグローブをはめ、ひもを結んだ。

「どうだい？」

「ちょっと大きいかな」アニーはいった。

「それくらいがちょうどいいんだよ」

ドリーは両方の手のひらをアニーに向けた。

「ようし、思いっきりパンチして」

アニーはためらいがちにポンポンとたたいた。

「ほらほら、ちっとも痛くないよ」と、ドリー。

アニーはもっと強くたたいた。ほとんどは中心から外れたが、たまにドリーの手の真ん中に当たった。

「そう！　いいよ！　どうだい？　気分は晴れたかい？」

「まあ、ちょっとはね。楽しかった」

「今度はあたしの話を聞いとくれ」といって、ドリーは話し始めた。「あたしは男兄弟五人の中で育ったもんだから、けんかなんか得意だったんだよ。兄弟をやっつけるのが何よりの楽しみでね。少し大きくなると、テッド兄さんが、ほら、おまえの大おじさんが、ボクサーになろうと思って、スパーリングの相手が必要になったんだ。それであたしが相手になって、庭で何時間も練習したよ。兄さんはひるまないし、あたしだってさ。実際テッド兄さんはけんかっ早いところがあったね。フットワークは得意じゃないけど、気持ちが強かった。あたしは毎試合応援に行ったよ。兄さんのランクはだんだん上がっていったのに、マリリン・フォックストロットと出会ったとたん、気持ちが変わっちゃった。だけど、あたしはボクシングに夢中になっていて、自分でやりたかったんだよね。で、テッドがアマチュアのフライ級の試合があるのをすっかり忘れていたのをいいことに、あたしは床屋へ行って髪を短く切ってきた。それから、マスカラでテッドみたいな口ひげをちょっと描いてね。テッドのトランクスとタンクトップと、おまえがはめているグローブを拝借して、テッドの名前で試合に行ったのさ」

「ほんとにそんなことしたの？」

「ほんとにほんとさ」

「こわくなかった？」

「体がすくんじまった！　観客は荒っぽいし、試合は波止場のそばの古い魚の缶詰工場でね。今でもサケのにおいをかぐと、足ががくがくふるえるよ」

「それで、どうなったの？」

「第一ラウンド開始のゴングが鳴るまで、兄さんのローブを着て、フードを目深にかぶってた。電気が薄暗かったからよかったよ。試合が始まると、相手のパンチはこっちに届かない。あたしはあごに二、三発ジャブをお見舞いしたけど、それで観客がおかしいと思ったんだね。テッドはいつも第一ラウンドで相手をKOしちまうのに、あたしはぜんぜんちがってたから。第二ラウンドが終わるころには、口ひげもこすれて消えちまうし、万事休す。試合は止められたよ」

「問題になった？」

「そりゃもう、大騒ぎさ。観客はおかしくて笑ってたけど、相手チームは、あたしが試合に勝ちそうだったから、かんかんに怒ってね。だから、急いで会場から逃げ出したよ。グローブも外さないで家に帰った。だけど翌日、ビリー・サウスポーっていう主催者がうちに来てね。テッドを素通りして、あたしのところに来て、あんたをトレーニングして巡業に出したいっていうのさ。その人はボクサーやロデオのスターをつれて、地方のお祭りや牛の品評会なんかをまわってるんだって。大きなテントの下にリングを設営して、地元の人たちに、強いボクサーと三ラウンド戦ってみませんか、とすすめるのさ。それでずっとあたしみたいな女を探してたんだって。わたしたちもリングで戦ってみたいのにって、女性たちにいつも文句をいわれていたからだって」

「おばあちゃん、行ったの？」

「もっちろん。何年もかけて国じゅうをまわったよ。どの町に行っても反応は同じ。あたしを見て笑って、やじを飛ばして、ばかにした。ブーイングして、あざ笑って、大騒ぎ。あたしを弱気にさせようとしてたんだけど、反対に強気になったよ。そんなやり方はまちがってるって、見せつけてやろうと思った。ばかにする権利なんか、だれにもないからね。ゴングが鳴って戦いが始まると、すぐに尊敬のまなざしに変わったよ。あたしは一試合も負けなかった。一年もたつと、あたしの試合がメインイベントになったんだよ。〈不死身のドリー〉って名前がついてね。だけど、毎週末新しい町へ行くたびに、最初からやりなおしさ。ねえ、アニー、どうしてこんな話をしたかわかるかい？」

「ううん」

「今日あそこでアニーを見た時に、昔のことがよみがえってきたからさ。アニーは一歩も引かなかった。だれも勝つと思ってなかったけど、そんなのに負けなかった。人生はまさにあの障害物コースみたいなもんだよ。いつだってジャンプしてタイヤをくぐらなくちゃならないし、出口の明かりが見えない長いトンネルもある。だから、あきらめちゃいけないよ。きっと道はあるし、みんなでなんとかするんだ。パンチをくり出し、戦いつづけるんだよ。なんとかしてアニーをロンドンに行かせるからね。みんなびっくりするだろうよ」

ドリーは両の手のひらを上げた。アニーはにっこりして、その手をまた勢いよくパンチした。

「その調子だ」ドリーはいった。

かわいいやんちゃ坊主

アニーが眠ってしまってからもずっと、ブライアンとスージーはテーブルに向かっていた。

スージーは右手で古い計算機の数字をたたき、左手で格安の航空チケットとホテルをインターネットで探していた。

やかんのお湯がわいている。ブライアンが立ち上がり、紅茶のカップを二つ持ってもどってきた。

「もう忘れたほうがいい。どうにもならんよ」

スージーは、集中しようと指を一本立てた。そしてまた少し足し算をすると、記録紙を破り取った。

「なんとかなるわ。安いツアーを選べば、あなたとアニーとラントだけでもロンドンへ行けるかもしれない」

ブライアンはその気にならない。

「そりゃ、すごいけど、山のような請求書があるし、これからもっと増えるぞ。おまけに、ロバート＝バレンのやつはうるさくいってくるし。それに、牧場の仕事を放って行くわけにはいかんよ、やることがたくさん――」

　スージーは夫の手に自分の手を重ねた。

「ブライアン、あなたは十年も休みなしできたのよ。ロンドンへ行くべきよ」

「しかし、どうやって旅費をかせぐっていうんだ？」

　その時、突然入口にドリーがあらわれた。

「やるべきことをやればいい」

　ドリーは部屋へ入ってくると、テーブルに金の結婚指輪を二つ置いた。

　一つはウォリーおじいちゃんのもの。

　もう一つはドリーのもの。

「母さん、それはだめだよ」ブライアンはいった。

「もうあたしには必要ないから。ウォリーだってそうしたほうがいいっていうと思うよ。これを買うために、ウォリーは夏じゅうレンガ積みの仕事をしたんだ。あたしはパブへ行ってたとばかり思ってたんだけどね。この指輪は愛のしるし。家族のしるし。そして、自己犠牲のしるしだよ。だからこうすることが正しいのさ。大した額にはならないし、旅費にはほど遠いけど、はじめの一歩だね」

ブライアンはこれ以上反対してもむだだと思った。

突然、スージーがひらめいた。

「わたし、ナンデモパイをもっと焼くわ！」

ブライアンとドリーがいっせいにわりこんだ。

「いやいや、だいじょうぶだよ」

「そんなことすることないよ」

「何いってるの！」スージーは甲高い声をあげた。「助け合わなくちゃ。それにあのパイ、農業フェスティバルで大人気だったのよ」

ブライアンはまたしても、反対してもむだだと思った。

そして、計算機から出てきた数字の記録紙を手に取ると、まゆをつり上げた。

「なんとかかき集めないとな」

「アニーにはいわないで。びっくりさせてやりましょう」スージーはささやいた。

＊

天気のいい土曜日のアプソンダウンズだ。

スージー・シアラーは青地にオレンジの水玉もようのブラウス、ハイウエストですその広がったピンクのズボン、大きな真ちゅうの輪っかのイヤリング、黄色いビーズのネックレス、頭には緑色の絹(きぬ)のスカーフといういでたちで、パイの注文を取るため、大通りを歩いていた。

遠くまで歩く必要はなかった。今や地元では、ラントとアニーが全国大会で優勝(ゆうしょう)したことはみんな知っていて、何かの力になりたいと思っていたのだ。

スージー・シアラーがロンドン行きの資金(しきん)を集めるのに、みんな協力したいけれど、パイはいらなかった。パイを断(ことわ)る理由にはみんな四苦八苦していた。

「わたしはパイはいいです……その……アレルギーなの」ジャン・ファンシーがいった。

「パイのアレルギーですって?」スージーはおどろいた。

「ええ。ひどい湿疹(しっしん)が出るんです。とても変なのよ」

「タルトはどうかしら?」スージーが聞いた。

ジャンは少し考えた。

「タルトもお作りになるの?」

「もちろん、タルトも作れますよ」

「残念。タルトにもアレルギーがあるんです。でも、この二十ドルを寄付(きふ)しますわ。がんばってください!」

ジャンは急いで立ち去った。スージーはありがたいと思いながらも、とまどっていた。

　何よりおもしろいのは、町じゅうの人々のラントに対する気持ちの変化だ。ラントはもう、やっかいな野良犬ではない。愛すべきろくでなし。かわいいやんちゃ坊主。地域の宝物なのだ。ラントの歴史をまるっきり書きかえてしまったかのように、みんなでラントの手柄を喜んでいる。

「何年か前の夏、ラントをトマト畑でつかまえたが」ブルース・ダローが涙でかすんだ目でいった。「弾丸のように逃げ、裏の柵をいともかんたんに跳び越えていった。そりゃもう、特別な犬だったね。ほれ、五十ドル出すから――がんばるんだよ」

「ありがとうございます」スージーはいった。

「おちびのラントをイギリスへつれていく費用を集めているって聞いたから、募金をつのったんだよ」パブのゴールデン・フリースの店長、マービン・フロスがいった。「あの厚かましいちびすけは、なんか特別なやつだと、ずっと思っていたさ」

　スージーは信じられないというような顔をした。

「本当に？」

「本当だとも。それにラントをあやつるアニーも大したもんだ。あんたもだよ、スージー。ラントに住む家を与えて、なんやかやと世話をやいてね。とにかく、百ドルあるから」

「ありがとうございます」スージーはいった。

その日一日じゅう、みんながスージーのもとへ寄ってきて、いくらかの寄付をした。アニーの担任のフォームズビー先生も、お金の入った封筒と、「がんばれ、アニー」というメッセージのまわりにクラスメートが名前を書いたカードをわたしてくれた。

「みんながおこづかいから寄付してくれたんです。先生方も出してくれました」フォームズビー先生はいった。

「ありがとうございます」スージーはいった。

ただ一人、ラントの昔の敵、ダンカン・ベイリーフ巡査だけは気持ちを変えていない。巡査はふんと鼻で笑いながら、スージーの横を通りすぎた。

「あのノミのかたまりをつかまえようとしたわたしの努力が、やつをりっぱなアスリートに育てたといっていい。よかったじゃないか。だが、わたしが感謝されることはないだろう。思い切ってあの雑種犬を、イギリスに置いてきたらどうだ。やつはめんどうしか起こさんからな」

「ありがとうございます、巡査」巡査が背中を向けるやいなや、スージーはあっかんべーをした。

その日一日かかって、パイの注文はひと切れもなかったけれど、スージーの心は折れなかった。期待以上のお金を集めることができたのだから。

ウォリーの日記帳

スージーが町へ行っているあいだ、アニーはどうしたらロンドンへ行けるのか考えていたが、お手上げだった。

何かヒントはないかと、羊の毛刈り小屋へ行き、ウォリーおじいちゃんの作業台に向かっていた。ウォリーの残したスケッチブックをめくり、大もうけできそうな奇妙な発明の数々に目を通していた。

自動毛刈り機の絵もあった。巨大なクモのような機械で、滑車やレバーや、先にはさみのついた細長い棒がたくさんついている。

ほかにも現実的でないものがある。羊の毛を染めなくてもいいように、色とりどりの毛を持つ羊を育てる方法だ。えさに色素を加えればいいと書いてある。ウォリーの研究によると、ニンジンばかり食べる人は、肌がオレンジ色になる。同じように、フラミンゴがピンク色なのは、えさにエビを食べているからである。

アニーは、ベンチに飛び乗ったランドを見つめた。

「あんたの毛が茶色いのは、マッシュのフードを食べているからだね」

別のスケッチブックには、水を手に入れるための独創的な構想が書いてあった。海水から塩を取り除いて、海の水を飲み水にする方法だが、複雑すぎてアニーには理解できなかった。

それから、霧吸引機と名付けられた大きな機械のスケッチがあり、アニーの目はくぎづけになった。トラクターに取りつけた巨大な掃除機のようなもので、寒い朝、横に突き出した太いチューブで霧を吸いこみ、大きなタンクに水滴を集めるのだ。

これはすばらしいアイデアだとアニーは思ったが、今から作ってももう間に合わない。アニーはスケッチブックをとじた。ウォリーおじいちゃんの発明も、ロンドンへ行く助けにはなりそうもない。

スケッチブックを棚にもどした時、ほかの本のかげになっていた小さな革表紙のノートを見つけた。アニーはそれを取り出し、ほこりを吹き飛ばして開いた。初めて見るものだった。おじいちゃんの小さな字の走り書きでページがうまっていたが、絵や図はなかった。

目を近づけてよく見ると、それはおじいちゃんの日記帳だった。

なんだか悪いことをしているようで、おなかがきゅっとした。読んだりしたらいけないんじゃないだろうか？

けれど、自分でもよくわからないが、どうしても読まなくちゃという気持ちになって、最後までページをめくっていった。最後の日記はこうだった。

ブライアンが牧場を手伝うために帰ってきてくれてから一年。そのあいだ、アール・ロバート＝バレンに対する訴訟の準備を進めてきた。もう弁護士費用がまかなえないので、自分で裁判所で弁論する勉強をしてきた。分別のある裁判官に当たれば、チャンスはある。スーツが必要だとドリーがいうので、スージーがミシンで縫ってくれることになった。それなら安くすむ。

もしこの訴訟がうまくいかなかったら、町の将来が心配だ。あいつが水を独占したままだと、このあたり一帯は乾燥し、草木は枯れ、住民はいなくなるだろう。すでに何軒もの農家が農場を売ったらしい。この季節に川の水位がこんなに低いなんて、今までになかったことだ。気候変動も起こっているのだろう。

それでもこうやって書いていると、ありがたいと思うことがある。ひとつ屋根の下で家族全員が暮らしていること。後悔することがあるとすれば、もっと家族のみんなといっしょに過ごしたほうがよかったということだ。もともと一人が好きなたちなのだ。羊飼いとはそういうものだろう。

マックスは四歳になり、すっかりやんちゃ坊主だ。きのうは鶏小屋の屋根から飛び降りようとしているところをつかまえた。きびしくいって聞かせたが、一時間後には同じことをしようとした。

　アニーはまだ一歳だが、わたしのよき相棒だ。とても近いものを感じる。まだしゃべれないし、わたしもおしゃべりではないが、たがいに気持ちが通じる。アニーは毛刈り小屋でわたしといるのが大好きだ。今こうして書いている時にも、アニーはベンチにすわって、わたしの道具ベルトのポケットをいじっている。お気に入りなのだ。きっとよく考えて問題を解決する人になるだろう。それに、動物のあつかいもうまい。将来が楽しみだ。

　みんながいてくれてわたしは幸せだ。家族がたくさんいるのは楽しい。スージーは歩く虹だ。どの部屋も明るくしてくれる。今はそういうことがありがたい。

　ブライアンが手伝ってくれて感謝している。一生懸命に働いてくれているが、牧場の仕事にのめりこんでいるわけではない。頭がほかのことに行っている。わたしのあとを継ぐより、もっと好きなことがあるようなので、この水問題が解決したら、ここを出て好きなことをやるようにいってやりたい。ブライアンは、ここにいるのは義務だと思っている。正直、ブライアンが仕事を手伝ってくれていなければ、アールとは戦えていなかった。ブライアンはいい男であり、いい息子だ。だが、自分の行きたい道を歩んでいってほしい。

だれもがそうするべきだ。

アニーは日記帳をとじた。

ウォリーおじいちゃんの言葉を読んでいると、奇妙な感覚におそわれた。空虚さと満足感を同時に味わったのだ。幸せと悲しさを。

おじいちゃんがこれを書いている時に、いっしょにベンチにすわっていたという、その時のことを覚えていたらよかったのにと思った。アニーがいたまさにその場所に、ランドが寝そべっている。アニーは手を伸ばし、ラントの耳の後ろをなでた。

アニーは最後の日記のページをやぶり取った。それをきれいにたたみ、道具ベルトのポケットに入れた。

お金をかせぐ方法は見つけられなかったかもしれないが、なんだかとても大事なことを発見した気がした。

＊

アニーが注意深く日記帳からページをやぶっていたちょうどその時、ブライアンも注意深く、ピックアップトラックの荷台から、防水シートを外していた。

ここはアプソンダウンズのたった一軒の花屋、パテル生花店の裏の業者用駐車場だ。

グレーテル・パテルは、ブライアンが温室から持ってきた色とりどりの鉢植えを見て、びっくりした。中でもいちばんおどろいたのは、もちろん、農業フェスティバルで優勝した、虹色のバラだ。

「あなたでしたの！」グレーテルは大声をあげた。「あ、あ、あなたが、秘密の天才だったとは！」

ブライアンは真っ赤になって視線を落とし、せきばらいをした。

「いやあ……天才かどうかはわかりませんよ」

グレーテルは目を丸くしながら近づくと、なんとすばらしいという表情で、ブライアンの植物をながめた。

「このバラの品種は？」

グレーテルが指さしたのは、一本の茎の先についた紫色と白の大きな花だ。花びらは厚くてしっかりしている。

「ああ。これは自信作だ。だけど、バラじゃない」

「バラじゃないんですか？」

「ちがう」

「じゃ、なんですの？」

ブライアンはにっこりした。

「キャベツだよ」

「キャ、キャベツ？」

「そうキャベツ。美しい観賞植物だろう？　色がすばらしい。でも食べてもうまいんだ。苦すぎず、パリパリしていて甘い。シチューにしてもいいし、サラダでもいい。試してみてよ」

グレーテルは花びらを一枚折ると、もぐもぐ食べてみた。すると、目が真ん丸になった。

「信じられない！　おいしい、おいしい！　すごいですね。まさに革新です！　それにこのめずらしいもの。これはなんの花ですか？　まるで……」

「ミニチュア・モクレンです」

「神々しい香りがしますわ、シアラーさん」

「いや、ブライアンと呼んでください」

グレーテルは興奮でふるえながら、ふり向いた。

「ブライアン、このすばらしいお花たちを店に置かせてください。世界じゅうの人が見るべきですわ」

「グレーテル」ブライアンは腕組みをして、トラックにもたれかかった。「いくらで買ってもらえるかな？」

オオカミの来襲

その夜、計算機をたたくスージーの指は、ピアニストのように躍っていた。その日集めた寄付のお金が、きちんと積まれている。

ドリーがビロードのバッグをかかえて部屋へ入ってきた。そして、結婚指輪を売ったお金を取り出し、テーブルに置いた。

スージーは計算をやめた。胸に手を当て、申し訳ないという顔でドリーを見上げた。

「やめとくれよ」ドリーがいった。「ただの金属じゃないか。たくさんたまったかい？」

スージーはドリーが出したお札を数え、合計金額に足した。けれど、がっくりと肩を落とし、両手で頭をかかえた。

「まだ足りないわ。でもあと少し」スージーがいった。

マックスが甲高い声でいった。

「カメラを売るよ。けっこうな額になるんじゃないかな」

「だめ。そんなことすることないわ」

「絶対にだめだぞ」ブライアンが、意気揚々と部屋へ入ってきた。

マックスとドリーとスージーは、ブライアンがズボンのポケットの奥深くに手をつっこむのを、いったい何？　と見つめた。

「何してるんだい？」ドリーがたずねた。

しばらく手探りしていたかと思うと、ブライアンは分厚い札束を取り出し、テーブルにたたきつけた。

三人はびっくりして、お金を見つめた。

「そんな大金、どこで手に入れたの？」スージーが聞いた。

「銀行強盗さ」と、ブライアン。

「マジで？」マックスは興奮した。

ブライアンはまじめな表情になり、そんなわけないだろうという顔をマックスに向けた。

スージーはお金を手に取り、数え始めた。が、途中で手を止めていった。

「これなら、イギリスにいるあいだの食費くらいは出せるかもしれない」

ドリーが手をパンと打った。

「よし、これでだいじょうぶかい？」

「何がだいじょうぶなの？」

アニーがパジャマ姿で部屋へ入ってきた。ラントも横にいる。

「ロンドンへ行けるんだよ！」マックスが叫び、テーブルの上のお金をつかんで宙に放り投げた。

お札がばらばら落ちてくるのに、アニーはおどろいて目を白黒させた。

「どういうこと？」

「十分かせいだんだ」ブライアンがいった。

「え……どうやって？」

「みんなが協力したんだよ」ドリーがいった。

「家族だけじゃないわ」と、スージー。「町じゅうの人が協力してくれたの。あなたのクラスメートも。先生たちも。みんなが応援してくれてるの、あなたを。もちろん、ラントもね」

アニーは言葉を失った。ためらいがちにほほえみながら、ブライアンを見上げた。

「これ、ほんと？　やさしいうそじゃなくて？　ほんとに行けるの？」

「ほんとうだとも」ブライアンはいった。

スージーはぱっと現実にもどった。

「さてと。パスポートと飛行機とホテルを準備しなくちゃ。迷子にならないように、行先の地図を書いてあげるわ。それから、クランペット・ドッグショーの参加申し込みをしないとね。ああ、やることがたくさん！」

「練習場を、もう一度作り直さないと」アニーがラントにいった。

それから、家族を見わたしていった。

「みんな、ありがとう」

ところが、話の途中で玄関をノックする音が聞こえた。

家族はしーんとした。ブライアンが廊下を急ぎ、ドアを開けると、アール・ロバート＝バレンがいた。

アールは灰色のスーツを着て、しぶい表情をうかべている。

「シアラーくん、今日はどこにいたんだね、ずっと探していたんだぞ。きみの羊たちがまたしても不法侵入してきたのだ」

ブライアンは目をとじ、首をふった。

「すまない、アール」

「被害額と水の損失額は、ひかえめに計算しても、一万二千ドルになる」

「一、万、二千ドル？　どこからそんな数字が出てくるんだ？」

ダイニングにいた家族はみんな聞き耳を立てている。

アールは冷たく、計算ずくのいい方で答えた。

「しかも、羊憲章の中の農村反芻家畜法第四条第三項によれば、全額の支払いがなされるまで、抵当として問題の羊たちを全部わたしの所有とする権利があるのだ。このことを正式な法令として通知する。支払いは三十日以内だ」

アールはブライアンに書類の入った封筒を手わたした。

ブライアンはつとめて冷静でいようとした。

「聞いてくれ、アール。こんなのは必要ない。明日の朝一番に、おれとアニーが羊をもどしにいく。柵はほとんど修理できているから、もう二度とこういうことは起きないと約束するよ」

「おことわりだ。わたしの土地にはいっさい立ち入るな。今後立ち入った場合は、犯罪行為となると覚えておくんだな」

ブライアンはいいかげん頭にきた。

「犯罪行為だと？　アプソンダウンズで罪を犯しているのは、あんただけだよ。羊たちがあんたの土地へ入っていくのは、あんたが水をひとりじめしているからだ！」

アールはびくともせず、落ち着いている。

「シアラーくん、そのような無礼な誹謗中傷は、きみの損害賠償責任を助長させるだけだよ」

「いいかげんにしろ、もううんざりだ。おれは警察に行く。羊を取りもどしたいからな」

「たいへんけっこう。ベイリーフ巡査によろしく。彼とは一時間前に話したばかりで、わたしにとても協力的だったよ。シアラーくん、わたしは合理的な条件を示しているのだ。だがそれをのめんというのなら、わたし以外の弁護士を探すしかないな」

「うちの親父みたいにか？　親父はしぼり取られるだけしぼり取られて、結局なんにもならなかった」

「そうでなかったら」アールは舌なめずりをしながら、まわりを見まわした。「わたしにあんたの土地を売ればいい。ずっとそういってきたじゃないか。失敗を認めるのは恥ずかしいことではないよ、シアラーくん。農業や牧畜に向いてない人間だっている。親をこえて活躍できる子どもばかりじゃないんだ」

ブライアンがあんまり強く玄関のドアをしめたので、家じゅうの壁がゆれた。

ブライアンがふり向くと、廊下に家族が集まって、こちらを見ていた。

みんなでぞろぞろ、ダイニングへもどっていった。

重苦しい沈黙のあと、アニーがばらまかれたお札を拾い始めた。そして、その全部をスージーにわたした。

謎の口ひげ男

次の日、アニーはラントをつれて、アプソンダウンズの大通りを歩いていた。おこづかいでマッシュ社のドッグフードを買うため、スーパーマーケットへ行くところだ。

すると突然、アニーは足を止めた。三歩後ろへ下がる。

パテル生花店のウィンドウに、虹色のバラがあったのだ。

アニーはまじまじと見つめた。こんな、みんなに見られるように飾ってあるなんて、秘密にしておきたい父さんにしては変だしおどろきだ。その時、アニーの頭の中でカーテンがさっと開かれた。そうだ、父さんはロンドンへの旅費をかせぐために、このバラを犠牲にしたにちがいない。

アプソンダウンズじゅうの人々が、この美しいバラを見られるのはうれしいことだが、売ってしまったので、もう父さんのものではない。それがちょっぴり悲しかった。

アニーは歩き始めたが、また立ち止まった。今度は不動産屋の前だ。ウィンドウには、「売り物件！」と書いてある農場の写真がたくさん貼ってある。「緊急売り出し！」「割引価格！」「お買い得！」「売約済み！」「売約済み！」「売約済み！」「売約済み！」「売約済み！」

アニーはまた歩き始めた。頭の中がいっぱいで思わずうなだれてしまう。今度はうちの牧場がウィンドウに貼られるんじゃないだろうか？　アール・ロバート＝バレンのコレクションになってしまうのだろうか？　そうなったら何もかも置いて出ていかなくてはならない。自分の部屋。ラントの犬小屋。羊の毛刈り小屋。風車と雨降らし機。秘密の温室。障害物レースの練習場。ダイニングルーム。

出ていくって、いったいどこへ？　ほかの町で暮らすなんて、想像できない。

ドリーおばあちゃんが、強くなるんだよ、あきらめちゃだめ、といってくれたことを思い出した。だけど、アール・ロバート＝バレンが羊たちを人質にとって、大金を要求していることを考えれば、希望を失うなといわれてもむりだ。

アニーにできることはただ一つ。ロンドンへ行って、クランペット・ドッグショーで優勝するしかない。

突然、どこからともなく目の前にだれかがあらわれて、道をさえぎった。

アニーは足を止めて、見上げた。

背の低い男の人で、クリーム色のスーツに黒のシャツを着ている。にこにこしているが、どこかで会ったことがあるかどうか、アニーにはわからない。分厚いめがねにフェルトの中折れ帽子。とくに目についたのは、まゆ毛と口ひげ。信じられないくらいボーボーなのだ。

「おはようございます」男がいった。「ぼくはアーサー・スロウガルズという者です。才能ある犬を手に入れたいブリーダーたちの代表をしています」

そういうと、アニーにこんな名刺を手わたした。

ペディグリー・ブリード社
優秀犬スカウト
アーサー・スロウガルズ
電話：993－871－7823

「先日の全国大会でのご活躍、まことにおめでとうございます。ぼくの顧客があなたの犬にたいへんいい印象をもっていまして、十五万ドルでゆずってもらえないかといっているのです」

アニーはあとずさりした。

「どういう意味ですか？　ラントを買いたいってこと？」

「そのとおりです」

「その人が飼うの？」

「はい」

「ずっと？」

「はい」

「でも……ラントはあたしの友だちなんです」

アーサー・スロウガルズはかがんで、やさしく話した。

「そうでしょうとも。でも、おうちの牧場を救いたくありませんか、アニー？　家族を幸せにしてあげたくありませんか？　そのほうが大事ではありませんか？」

男は背中を伸ばすと、上着の内ポケットに手を入れた。そして、書類とペンを取り出した。

「この〈名義変更書〉に署名するだけで、あなたの問題は解決しますよ、こんなふうに！」

スロウガルズは大げさに指を鳴らした。

そのとたん、とてもふしぎなことが起こった。

男の左のまゆ毛が地面に落ちたのだ。

「まゆ毛が落ちましたよ」アニーがいった。

「そんなことはない」明らかにまゆ毛は落ちているのに、アーサー・スロウガルズは否定した。

「落ちてますよ、ほら」

アニーは指さした。

「ぼくのではないです」スロウガルズはいいはり、首を横にぶんぶんふったものだから、右のまゆ毛も取れて歩道に落ちた。ラントがくんくんにおいをかいでいる。

「もう一つ落ちた」

「そんなことはない」

「ほんとに落ちましたよ」と、アニー。

アニーは二つとも拾うと、けばけばの毛虫のように手のひらに載せた。

アーサー・スロウガルズは汗をかき始め、人に見られていやしないかという顔で、こそこそあたりをうかがった。口ひげもはがれそうになっているのを感じたスロウガルズは、口を動かさずに早口でしゃべった。

「アニー・シアラーさん、この申し出を受けたほうが賢明ですよ。金額を考えてみてください。十五万ドルですよ。これで問題を解決したいと思いませんか?」

そういうと、スロウガルズはアニーからまゆ毛をひったくり、くるりとむこうを向いて元の位置に押しつけると、足早に立ち去った。

アニーはラントを見おろした。ラントはアニーを見上げた。

それからアニーは名刺を見直した。

その手はふるえていた。

*

その日の午後おそく、アニーは秘密の温室のドアをノックした。ブライアンが開けた。

「あの特別なバラ、売ったのね」アニーはいった。

「ああ」ブライアンがうなずいた。

ブライアンのむこうに、からっぽの棚が見える。

「ほかの植物も売ったんだね。ロンドンへ行くために」

ブライアンはまたうなずいた。

「またすぐ別のも売るつもりだよ」

「だけど、あのバラ、すごく大切なものだったんじゃ……」

ブライアンはひざまずいて、アニーの目をのぞきこんだ。

「アニーほど大切なものはないよ。アニーと、母さんと、マックスと、おばあちゃん。中でもおまえがいちばん大切だ。いつだっておまえがいちばんだよ」

アニーはしばらく考えた。

「じゃあ……大好きなものを犠牲にすることがあっても、それは正しいこと？」

ブライアンはうなずいた。

「ああ、そう思うよ」

まゆ毛騒動

ファーガス・フィンクは、いくつもの鏡が飾ってある部屋の、ふかふかのソファーでくつろいでいた。砂色の乗馬ズボンに緑色のブレザー、赤紫色の絹の幅広ネクタイといういでたち。胸には黒猫がのんびり寝そべっている。ファーガスは猫の毛を愛情深くなでている。

「おまえはなんてすばらしいんだろうねえ」

猫はあくびをし、のびをした。そんなことわかってるとでもいいたげだ。

ファーガスがクリスタルグラスからブランデーをひと口すすった時、ドアをノックする音がした。

「入れ！」

アーサー・スロウガルズが部屋へ入ってきた。

「シンプキンズ！」ファーガスがいった。もうお察しかもしれないが、アーサー・スロウガルズは変装の下手なシンプキンズなのである。

ニセモノのボーボーまゆ毛は、とんでもなく高い位置に貼りついている。

「いったいどうしてこんなに時間がかかった？　あの子は提案を受け入れたか？」

「まだです」

ファーガスは飛び上がった。黒猫は部屋からすっ飛んで逃げた。

「まだだと？　どういう意味だ？　それになぜそんなにおどろいた顔をしている？　まるで幽霊でも見たような顔だぞ」

シンプキンズはあわてて、まゆ毛の位置を直した。

「いや、その……はっきり答えなかったもので。よく考えたいのではないかと思いました」

「いくら提示した？」

「いわれたように、十五万ドルです」

「それでもうんといわなかったのか？」

「はい」シンプキンズはまだまゆ毛をいじりながら答えた。手を離すと、まゆ毛の角度ははね上がっていて、すごく怒っているような顔になった。

「わたしに対して怒るな！　わたしならこんなにかんたんな仕事ができないなんてこと、ないぞ！」ファーガスはいった。

「すみません」シンプキンズはまたまゆ毛を額のほうへもっていって押さえた。

「金額を上げてみたか？」

「いいえ。かなりの高額ですので、わたしだけの判断ではちょっと」

ファーガスが両手をふりまわしたので、ブランデーが少しこぼれた。

「本当に払うわけないだろう、このばか者！　あの犬を、ロンドンからできるだけ遠ざけたいだけだ！」

シンプキンズは恐る恐る手を離したが、まゆ毛はまたおかしな格好になっていた。一つは高く、一つは低い位置についている。まるで、ファーガスのいっていることに反対しているような顔だ。

「その小ざかしい顔はやめるんだ、シンプキンズ！　おまえもわかっているだろう。あのちび犬がレースに出ないようにしたいのに、またしてもしくじりやがって！」ファーガスはシンプキンズを追い払うように手をふった。「もう行け。チャリオットと走ってこい」

シンプキンズはうなずいた。と同時に、猫アレルギーのせいですごいくしゃみをした。シンプキンズはまゆ毛をさわってみたが、ちゃんとついていた。その代わり、口ひげがはがれ、ブランデーのグラスに飛びこんだ。シンプキンズは縮み上がったが、ファーガスは気づいていない。

ファーガスはブランデーをひと口含み、口の中で転がして味わった。

「早く行け。わたしの視界から消えろ」

シンプキンズはおじぎをして部屋を出た。

へんてこな帽子とニセモノのめがねと、ボーボーまゆ毛を外しながら、シンプキンズは急いで歩いた。そして、家具がわずかしかない暗い部屋へ入ると、電気をつけた。ケースにチャリオットが閉じこめられている。シンプキンズがひざまずいてふたを開けると、チャリオットは飛び出し、しっぽをふりながらシンプキンズをぺろぺろなめた。

シンプキンズはにっこり笑って、毛をなでた。

「ああ、よしよし。ぼくも大好きだよ」

シンプキンズが立ち上がると、チャリオットはくるくるまわり、シンプキンズの腕の中に飛びこんだ。

「いつか、ぼくといっしょに暮らそうね。そうしたら、二度と閉じこめたりしないよ」シンプキンズはそっといった。

ありえない選択

その夜、アニーはベッドに腰かけて、名刺を見つめていた。

ラントはかたわらに寝そべって、アニーのひざに鼻づらをのせている。

ラントを売るなんて、ありえない。

ここに電話をすれば、家族がかかえる問題は解決する。ふくらんだ借金を返済し、羊を取りもどせる。牧場を救うことができるのだ。

でもそれには、アニーの唯一の親友を失うという代償を払うことになる。ラントを手離さなければならないのだ。ラントのいない生活なんて、想像もできない。

それからアニーは、父が虹色のバラを犠牲にしたことを考えた。父さんはそうすることが正しいことだと思ったのだ。おかげでみんながあのバラを見ることができ、その美しさをほめたたえることができるのだから、それはそれでいいことだろう。

ラントは、ペディグリー・ブリード社に行ったほうが幸せになるのかな？　きっとそうかもしれない。親切なスタッフの人がいて、ラントが食べたいだけ、マッシュのドッグフードを食べさせてくれるのかも。

アニーはラントを見おろした。ラントはアニーを見上げた。

＊

同じころ、ダイニングではブライアンが悩みに悩んでいた。

テーブルの上に、みんなが集めたお金のつまった大きな瓶がある。その両側に、二つの選択肢があって、どちらかに決めることがどうしてもできないのだ。

左には、クランペット・ドッグショーへの公式招待状。右には、アール・ロバート＝バレンからわたされた法的通知書。ブライアンは通知書を手に取り、つぶやきながら読んだ。

「……期限までに応じない場合は、土地及び所有全財産はただちに……」

突然、ブライアンの手から書類がつかみ取られた。

「あんな男に、びた一文払うんじゃないよ」

ブライアンが見上げると、ドリーだった。

「あいつはおまえの父さんをひどい目にあわせた」ドリーは腰かけながらいった。「おまえまでそんな目にあわせるわけにはいかないよ」

「だけど母さん、このままじゃすべて失っちまうよ」

「そうかい？」

「ああ。この書類を読んどくれよ」

ドリーは顔をしかめて書類に目を通した。

「すべてといったって、あたしまで失うとは書いてないね。スージーや、子どもたちも。ここでの思い出を失うとも書いてない。家族の愛を失うともね」

「そ……そりゃそうだけど……」

「何もかも失うことにはならないじゃないか」

「たしかに」

「ブライアン、大切なのは屋根じゃない。その下に住んでいる家族だよ。お金や土地よりも、大切なのは家族だ。道のむこうに住んでるあいつには、決して持てないものさ。家族は買うことも、奪い取ることも、コレクションすることもできない。だって家族って、あたしらそのものなんだから」

ブライアンは涙をぬぐった。

ドリーは書類をびりびりと細かく引き裂き、クランペット・ドッグショーの招待状を、ブライアンの前に置いた。

「世界を見にいっといで。アニーといっしょに冒険をしておいで。何年もがんばって働いてきたんだから、ごほうびだよ。大事なことだし、見のがす手はないさ。この先、こんなチャンスがまたあるかどうか、わからないだろう。アニーとあの犬は特別だよ。ひょっとしたら、優勝できるかもしれないじゃないか」

アニーは自分の部屋で、さっきから名刺を見つめつづけている。まだ決心がつかない。アニーはラントに話しかけた。

「むずかしいのはさ、虹色のバラとはちがうってこと。あんたは植物じゃないから。家族だから。お兄ちゃんやドリーおばあちゃんを売るのといっしょだし、そんなことできやしない。それに、そもそもあたしの所有物じゃないんだから、売れないでしょ。あんたはだれのものでもない。だれかの所有物になんて、しちゃいけないのよ。あんたはここにいたいからいるの。あたしだって、ここにいたいからいる。あたしはこの牧場が大好き。あたしの家だから。でも、ラントがいっしょじゃなかったら、そんなに好きにならないと思う。今とは同じじゃなくなるでしょ」

アニーは名刺をやぶいた。

「それにさ、ひょっとしたら、優勝できるかもしれないじゃん」

チーム・シアラー

シアラー家のみんなは走っている。

すごいスピードで。

黄色いセダンに、また家族全員がぎゅうづめになっている。今回ハンドルを握っているのはスージー。スージーは夏の夕暮れのようにおだやかに、忍耐強く冷静に車のあいだをぬっていく。

「道案内はいらんのか?」ブライアンが聞いた。

「いいえ、けっこうよ。地図はちゃんと頭の中に入っているから」

「時間はどうなんだい?」ドリーが、心配そうに窓の外をのぞいた。

「余裕です」と、スージー。

ラントはキャリーケースの中で、気持ちよさそうにおとなしくすわっている。キャリーケースはアニーとドリーにはさまれている。

「最後のサンドイッチ食べたい人?」マックスが口をもぐもぐさせながらいった。「四切れが限界だよ」

「帰りに取っておきなさい」スージーがいいながら、バックミラーのアニーにウィンクした。

＊

シアラー家のみんなは、空港の出発ゲートに立っている。飛行機に乗ったことのないブライアンは、緊張ぎみ。

スージーが、ブライアンとアニーに最後の説明をした。

「いい、アニー。ふたりのパスポートは、道具ベルトのこのポケットに入れたわよ。なくさないでね。ブライアン、このかばんに、書類が全部入ってます。あと、イギリスのポンド紙幣が少しと、ホテルへの道順、時間があったら行ってみるといい、おもしろい場所のリストも。わかった？」

アニーとブライアンはうなずいた。

スージーは続ける。

「それからね、ブライアン、飛行機が高いところへ行くまで、座席をたおしてはだめよ。それに、飛行機じゅうの人に自己紹介する必要はないから。アニー、困ったことがあったら、座席にボタンがあるから、押せばすぐにだれかが来てくれるわ。お水をたくさん飲んで、できるだけ眠りなさい。長いフライトだから。わかった？」

アニーとブライアンはうなずいた。

スージーはまだ続ける。

「イギリスはとっても寒いでしょうから、おそろいのニット帽を編んであげたわ」

スージーは色とりどりの明るい毛糸で編んだ、やわらかいニット帽をふたりに手わたした。赤、金色、青緑色、ロイヤルブルー、うす紫色、あんず色。アニーは、色合いが父さんの虹色のバラに似ているな、と思った。

「うちじゅうにあった毛糸を使ったの。だからいつでも、わたしたちがいっしょにいるってことよ。出かける時は忘れずにかぶってね。すごく目立つから、人ごみの中でも迷子にならないわ。それに、この継ぎ目のところに、ホテルの住所を書いたタグを縫いつけておいたし、この中にお金も少し隠してあるから、もし迷子になっても、タクシーを止めて、この帽子のタグを見せればいいの」

「エリザベス女王［イギリスの女王。在位一九五二～二〇二二年］の電話番号も書いてあるかい？」ブライアンがいった。

ドリーがブライアンをにらみつけた。

「ごめん」ブライアンはぼそっといった。「すばらしいよ、スージー」

「あと、アニー、見て――ラントにも同じ色の服を編んだのよ」

「ユニフォームだね。チーム・シアラーだ！」マックスがいった。

「チーム・シアラーか。いいひびきだな」と、ブライアン。

アニーはラントの服を受け取った。

「ありがとう」

客室乗務員がにっこりしながら近づいてきた。そして、ラントが入ったキャリーケースのハンドルをつかんだ。

「それでは、ここからはわたしが運んでいきます」

「ちょっと待って」アニーがいった。

アニーはラントの虹色の服に顔をうずめ、ごしごしこすりつけた。それから家族にも同じようにさせた。

客室乗務員はこの奇妙な儀式にとまどい、目を丸くして見つめていた。

アニーはひざまずいて、キャリーケースのふたを開けると、その服をくるくると固く巻いて、ラントの横に置いた。

「こうしておけば、みんなのにおいがかげるから、そんなにさびしくないんじゃないかな。だいじょうぶだからね、ラント。世界の反対側で、また会おうね」アニーはいった。

客室乗務員はキャリーケースを持ち上げた。

「犬をよろしくお願いします！」ブライアンがいった。

「そうよ」スージーがいった。「それがいちばん大事。ああ、そうそう、ラントの目隠しはスーツケースに入ってるわ。一つしかないから、なくさないでよ、わかった？」

アニーとブライアンはうなずいた。

「がんばっておいで」ドリーがいった。

みんなはたがいにハグしあった。ブライアンはスージーをぎゅっと抱きしめた。

「何もかも、ありがとうな」と、そっとささやいた。

アニーとブライアンは、おそろいのニット帽をかぶり、こぶしをぶつけ合った。

「いいな、チーム・シアラー。勝ちに行こうぜ」ブライアンがいった。

*

飛行機が離陸の準備を始めると、ブライアンは座席で不安そうに体をくねらせた。非常口の確認をし、飛行機が急降下したらどうすればいいかが書いてあるラミネート加工のカードを、注意深く読んだ。

「これから何時間も、でっかい金属のチューブで空を漂うんだと思うと、変な気持ちになるよな？」

「そうだね」ちっともこわくないアニーはいった。「だけど、数時間なんて大したことないよ。まる十か月も、地上におりずに空を飛ぶ鳥もいるんだよ。アマツバメっていうの」

「ほんとか？」

「ほんとほんと」

「どこで寝るんだ？」

「空で」

「飛びながら？」

「そう」

「まあ、その点じゃ、その鳥に脱帽だな。いや脱ニット帽か。こんな金属のチューブの中で少しでも眠れたら奇跡だよ。その鳥、なんていうんだっけ？」

「アマツバメ」

「名前が合ってないいんじゃないか？　アマツバメ？　そうだな……ツカレシラズとか。ゴールデングライダーなんてどうだ？　鳥の名前ってどこが決めるんだろう？　そこに意見したほうがいいな」

「自然史博物館で動物の分類をしてるの。植物もね。ロンドンにあるの。そこに行きたいな。昔、チャールズ・ダーウィンもそこで働いていたんだよ」

「そうか？　訪問先リストに入れとこう」

「もう入ってるよ」

「へえ？　おまえの母さんはすごいな」

ブライアンは客室乗務員に話をさえぎられた。何かをわたしたいようだ。

「こちら、どうぞ」

乗務員は小さなお菓子の袋をブライアンにわたした。

「ああ、どうも」ブライアンはズボンのポケットに手を入れて、財布を探した。「いくらですか？」

「無料でございます」乗務員は、きのう生まれたばかりの赤ん坊を見るような顔で、ブライアンにいった。

ブライアンは目を丸くしてアニーにいった。

「ただだって！」

アニーはにっこりした。

しばらくすると、飛行機は動き出した。ブライアンは雷にでも打たれたかのように、ひじ掛けをつかんだ。アニーは父の手に自分の手を重ねた。

「父さん、だいじょうぶよ」

＊

二、三時間後、ブライアンはいびきをかいていた。口のはしからよだれがたれている。

アマツバメ、いや、ゴールデングライダーよりもぐっすりと、空で眠っていた。

　そのとなりでは、アニーが目をぱっちり開けて、ノートパソコンに保存してある、クランペット・ドッグショーの古い映像を見ていた。

　隣の席の女の人が、その画面を見て話しかけてきた。

「クランペット・ドッグショーのファンなの？」

「ファンってわけじゃ」アニーは画面から目を離さずにいった。「でも、あたしと犬のラントは優勝するつもりなんです。それで、借金を返済するんです」

　女の人はゆっくりとうなずくと、なんだろうこの子、という目をアニーに向けた。

ロンドン

チーム・シアラーはくたくたになって、空港からロンドン市内へ行く列車に乗っていた。窓の外を過ぎる見慣れない風景に、アニーはくぎづけになった。空は灰色。ビルは茶色。ときどき、緑の芝生が見える。

「家がずいぶん密集してるね」アニーがいった。

ブライアンは答えなかった。スージーの書いてくれたメモを読むのに必死なのだ。アニーはブライアンのそでを引っぱって指さした。それでブライアンは、初めて異国の景色をながめた。

「うわあ。なんて景色だ」ブライアンは感動した。

＊

列車は終点のパディントン駅に着いた。

ふたりがホームにおり立って、カーブを描いている高い天井を見つめていると、すぐに、ほかの乗客たちが行き来するのにぶつかった。こんなところにいたらじゃまだ。ふたりはスーツケースをごろごろ押して、通りへ出た。

「さて、歩いていって迷子になるか、かしこくタクシーに乗るか、どっちにする？」ブライアンがいった。

「歩こう」アニーがいった。

外は寒かった。ニット帽があってよかったと、アニーは思った。ラントをキャリーケースから出し、服を着せて伸びをさせた。ラントはここはどこだろうというように、鼻づらを上げて空気のにおいをかいだ。

通りは混んでいた。人々は足早に歩いている。だれもかれも急いでいるようだ。ラントはアニーの足にぴったり体をくっつけた。

アニーたちは長いあいだ歩いた。古いビルを過ぎ、新しいビルを過ぎ、パブやレストランを過ぎ、店や事務所やアパートを過ぎた。

やがて、ごみ箱や空き箱が転がっている暗い路地の入口で立ち止まった。

「ここを入るみたいだな」ブライアンがいった。

アニーは不安そうに路地を見わたした。

「ほんとに合ってる？」

「まちがいない」とはいうものの、ブライアンも自信がなかった。

ブライアンはスージーのメモに書いてある地図を確認した。これで三回目。すると地図に小さな雨粒がぽたりと落ちてきた。またぽたり。

雨が降ってきた。

アニーとラントは、閉まっている床屋の入口のひさしに隠れた。でも、ブライアンはそこに立ったまま、地図をたたんでわきにはさみ、ニット帽を取ると、上を向いて目を閉じ、三百日以上お目にかかっていなかった雨を、顔に浴びた。そして大きく息をついた。

アニーはこっちへおいでよと声をかけようと思ったけれど、父はとても落ち着いて満足そうなのだ。通り雨はすぐにやみ、ブライアンはすてきな夢からさめたかのように目を開けた。そして、ぬれた犬のように頭をふった。

「いい気持ちだった。さあ、おれたちのホテルを探そうや」ブライアンはいった。

＊

階段を五階までのぼって、ブライアンとアニーはようやく、せまくてみすぼらしいホテルの部屋へたどりついた。

からし色の壁紙は、角がめくれている。青いじゅうたんには濃いしみがついている。部屋の空気は、ブライアンよりも年を食っているみたいにかびくさい。蛇口から水滴が落ちる音が聞こえてくる。小さなベッドが二つあり、足のほうにたたんだタオルが置いてある。

ブライアンはタオルを広げ、雨でぬれた顔や髪をふいた。

その時、携帯電話が鳴った。スージーからだ。

ブライアンは電話に出た。

「ああ、今着いたところだ……いや、迷子になんかならなかったよ……部屋はどうかって？　そうだな……」

ブライアンはあたりを見まわし、アニーにウィンクした。

「バッキンガム宮殿に泊まるなんていってなかったよな！　すごいよ。豪華絢爛だ。広々して……個性的だ。すごくきれいだよ」

ブライアンはドアの枠の汚れを指でこすりとった。

「ながめ？　ちょっと待て、見てみるから……」

灰色のカーテンを開けると、レンガの壁があらわれた。ブライアンはこぶしをかんで、笑いをこらえた。

「スージー、ながめは抜群だ。ああ、ほんとさ。はるかかなたまで見わたせる。ロンドン橋まで見えるんじゃないかな」

アニーはにっこり。

「ああ……うん……わかった、そうするよ」

ブライアンは電話を切った。

「アニーによろしくってさ。寝る前に歯をみがいて、髪をとかしなさいってさ」

アニーは近いほうのベッドにスーツケースを載せ、ふたを開けた。着替えといっしょに、ドリーおばあちゃんのボクシングのグローブ、マッシュ社のドッグフード六缶、ラントのえさのボウルも入れてきた。

ラントは、大好きなごはんを用意してくれるんだと期待して、しっぽをふった。

アニーは缶をパカンと開けた。肉のフードがぶるぶるしながら、ボウルにポタッと落ちた。ラントは飛びついて、ボウルを押して部屋じゅうを移動しながら食べた。

「これ見てくれよ。よっぽどこのフードが好きなんだな」ブライアンがいった。

アニーはベッドに腰かけて、クランペット・ドッグショーのスケジュールを読んだ。

「明日の朝は早く行かなくちゃ。午前中に予選があって、決勝は夜。そこまで行ければね」

「もちろん、決勝まで行けるさ」

「わかんないじゃん」

「わかるよ。おまえたちは最高のチームだから」

「それもやさしいうそ?」アニーは聞いた。

「なんのことだい?」ブライアンはなんのことだかちゃんとわかっているが、そういった。

「じゃ、ほんとに窓からロンドン橋が見えるの?」

「もちろん。ビルを二、三個ぶっ倒せばな」

アニーはあきれたように目を丸くした。

「さあ、それじゃもう寝たほうがいい。明日はたいへんな日になるぞ」

ブライアンはそういって、ベッドに寝転がった。マットレスがゆっくりと沈み始め、まるでハンモックに沈んでいるように、体がほとんど見えなくなった。

「また手も足も出なくなっちゃったよ」

ゴージャス・ジョージの物語

一八九七年、キングスリー・クランペットという男がいた。

キングスリーはお菓子屋で、木製の荷車にお菓子を積んで、ロンドンの通りをうろうろと売り歩いていた。

麦わらのカンカン帽に紅白のしまもようの上着を着て、キングスリー・クランペットはハンドベルを鳴らしながら、真ちゅうのメガホンで声をはりあげていた。

「クランペットのお菓子が通るよ！　ラズベリー・ドロップ！　ハッカキャンディー！　レモンソーダ・ゼリー！　タフィー！　リコリス！　砂糖がけアーモンド！　スライス・キャラメル！　六個で一ペニー！　お楽しみ袋は三ペンス！　クランペットのお菓子をどうぞ！」

荷車は、キングスリーが信頼している犬、ボーダーコリーのゴージャス・ジョージが引いていた。

その名のとおり、ゴージャス・ジョージはとてもハンサムな犬だった。道行く人たちは立ち止まって、そのつややかな毛並みやすばらしい姿勢、大きくて健康的な体格をほめたたえた。ゴージャス・ジョージの目は青く、白い胸にはダイヤ形の黒いもようがあった。おまけに気立てがやさしかったので、子どもたちはゴージャス・ジョージをなでようと飛んできた。ゴージャス・ジョージは、お菓子を食べてべたべたになった子どもたちの指をなめてやった。

それでも、ゴージャス・ジョージをいちばん愛していたのは、キングスリー・クランペットだった。キングスリーは毎晩ゴージャス・ジョージを洗い、毛にブラシをかけ、地元の肉屋にもらった新鮮な骨と肉の切れはしを食べさせた。

ある朝、とんでもないことが起こった。キングスリー・クランペットが起きると、玄関のドアが開けっ放しになっていて、植木鉢がこなごなになり、ゴージャス・ジョージがいなくなっていた。

キングスリーの忠実な友だちが誘拐されたのだ。

キングスリーはハンドベルを鳴らし、ゴージャス・ジョージの名前を呼びながら、必死に捜しまわった。警察にも届け、五十キロ圏内の壁という壁にポスターを貼ったが、ゴージャス・ジョージは見つからない。

キングスリーは絶望した。もうどうしていいかわからない。ところがその時、すばらしい名案がひらめいた。

　キングスリーは、ロンドンじゅうの犬のコンテストを開き、賞金をたっぷり出すと宣伝し始めた。ゴージャス・ジョージを誘拐した悪党は、こんなハンサムな犬をコンテストに出さずにはいられないだろうと思ったのだ。そうすれば、キングスリーはまた親友といっしょになれるだろう。

　この計画に信ぴょう性を持たせるため、キングスリーはコンテストに出る資格のある犬種を六種類に限った。スパニエル、プードル、ブラッドハウンド、コーギー、テリア、そしてもちろんボーダーコリーだ。それぞれの犬種で優勝者を決め、その中からグランプリを一匹選ぶ、とした。

　キングスリーは、犬泥棒が集まりそうな場所にチラシを置いた。評判の悪いパブ、とばく場、競馬場、そのほか町でも危険な場所に。

　ところが、思ったより早くうわさは広まった。

　晴れわたった開催日の土曜日、ヘイゼルブラシ・グリーン公園には数十人が集まるだろうと、キングスリーは予想していたが、おどろいたことに、そして恐ろしくもありうれしくもあったのだが、キングスリー・クランペット・ドッグ・コンテストに参加する人、見物する人が何百人も集まったのだ。

　イベントは大混乱となった。リードがからまる。犬がほかの犬を追いかける。池のまわりではアヒルを追いかける。リスを木の上まで追いかける。子どもやハトやトンボを追いかける。

キングスリーはようやく犬種ごとにまとめ、ショーが始まった。参加者と犬たちが円を描いて行進すると、観客は大喜びで笑った。キングスリーは大まじめに審査しているふりをした。けれど実際は、ボーダーコリーにばかり注意を向けていた。ゴージャス・ジョージを見つけるために、ボーダーコリーを三回も歩かせた。ところが、結局ゴージャス・ジョージはその中にいなかった。名案もうまくいかなかったのだ。キングスリーは大きなため息をついた。

それでも約束は守った。犬種ごとの優勝者に特別なリボンをかけ、グランプリはナビンズという名前のウェルシュ・コーギー・ペンブロークに与えた。

人々はとても楽しんだ。キングスリー・クランペットに、楽しいイベントを計画してくれてありがとうといい、来年もまた来るよと約束した。キングスリー自身、ゴージャス・ジョージを見つけられずにがっかりはしたものの、イベントは楽しかったと認めざるをえなかった。でもみんなが帰ってしまうと、キングスリーはまたひとりぼっちになり、お金もだいぶ使ってしまっていた。

キングスリー・クランペット・ドッグ・コンテストは、そんなふうに偶然成功したので、すべての新聞に取り上げられた。キングスリーはインタビューのたびに、きらきらした青い目で、胸に黒いダイヤのもようのある、ハンサムなボーダーコリーを見かけたら、連絡してくれるように訴えた。

けれど、だれからも連絡は来なかった。

荷車を引くゴージャス・ジョージがいなくなったので、キングスリーはお菓子屋をやめた。まもなくお金も底をつき、悲しみでいっぱいになった。家も失い、家財道具も売り、イギリス最大級の食品市場、バラマーケットの横にある橋の下に住みつくようになった。どうしても手離せなかったものは、紅白のしまもようの上着と、麦わらのカンカン帽だ。どちらもよごれきって、ぼろぼろになっていた。

すると、奇跡が起きた。

ある日、路地で残飯をあさっていたキングスリーは、もじゃもじゃの黒毛のやせ細った犬が、同じように食べ物をあさっているところに出くわした。犬は顔を上げた。目はあざやかな青。体はよごれているが、胸にダイヤのもようがかすかに見えた。

ゴージャス・ジョージだ。相棒もまた、すぐにキングスリーのことがわかり、両腕の中に飛びこんできた。ふたりはまたいっしょになったのだ。

ゴージャス・ジョージがもどってきたことで、キングスリー・クランペットの気力ももどった。上着を洗い、帽子を修理して、第二回クランペット・ドッグショーの開催を告知し始めた。

去年とルールは同じだが、一つだけ変わったこと。それは、入場料が一シリングかかるということだった。

開催日がやってきた。ペットをつれ、お昼のお弁当やお茶を持って、千人以上の人々が集まった。犬たちはすばらしいショーをおこなった。リボンや賞品がわたされたが、いちばんの勝者はキングスリー・クランペットだった。このショーでちょっとしたお金をかせいだからだ。

クランペット・ドッグショーは、毎年どんどん盛大になっていった。やがて、おおぜいの人々を収容するために、サッカーのスタジアムでおこなわれるようになった。ケンネル・クラブや純血種ブリーダーがコンテストのスポンサーとなり、国際的な評判を得るようになった。キングスリーはコンテストの種類を増やし、ルールも付け加えた。その中には、のちにいちばんの大人気となる競技があった。犬の障害物レースである。

ドッグショーの成功で、キングスリー・クランペットは大金持ちになったが、橋の下でひとりぼっちで暮らした、逆境の日々のことは決して忘れなかった。だから、ほとんどのお金を、犬の保護施設や、無料食堂や、住むところを失った家族に寄付した。

週末になると、例のしまもようの上着を着て麦わらのカンカン帽をかぶり、ゴージャス・ジョージに木製のカートを引かせた。ふたりで町のもっとも貧しい地域を訪れて、おなかをすかせた子どもたちに、お菓子を配って歩いた。

キングスリーは、忠実な友だちを盗んだのはだれか、わからないままだった。ある日曜日、ふたりは牛乳配達の人が空き瓶のケースをひっくり返したところに出くわした。ガラスの瓶が敷石でこなごなになり、ゴージャス・ジョージはびっくり！　カートを後ろでかたかたいわせながら、すっ飛んでいった。結局、八百メートルも先のブラックベリーの茂みの後ろで、縮こまっているところを発見された。

キングスリーはゴージャス・ジョージをなでながら、あの運命の夜のこわれた植木鉢を思い出した。おそらくゴージャス・ジョージはテーブルにぶつかって、ひっくり返った植木鉢がこなごなになったので、びっくりして逃げたのだろう。玄関のドアはがりがりやって開けたのだろう。キングスリーは安全のために新しく買った家からは、こわれやすいものを撤去し、ドアというドアに鍵をかけた。

一九〇八年夏、時の王エドワード七世がドッグショーに招待された。王は自分の愛犬を参加させた。シーザーという名前のワイヤフォックステリアで、最優秀賞を授与された。王はこれに報いるため、バッキンガム宮殿でキングスリー・クランペットにナイトの称号を与えた。王はドッグショーの後援者となって、クランペット・ドッグショーをイギリスの公的行事と定め、公式な王室称号を与えた。

一九六三年にキングスリー・クランペットが亡くなると、その目覚ましい人生を記念して、銅像が建てられた。横には忠実なゴージャス・ジョージがすわっている。もちろん、キングスリー・クランペット卿は永遠にしまもようの上着と、麦わらのカンカン帽をかぶっている。

ゴージャス・ジョージのダイヤ形のもようをなでると幸せになれる、という言い伝えが広まった。あまりにもたくさんの人々が犬の胸をさわったために、表面がはげてしまい、心臓の部分が金色に光っている。

キングスリー・クランペットとゴージャス・ジョージの銅像は今でも、王立ドッグショーセンターの外に置かれている。そしてまさに今、銅像の下に、はるばるアプソンダウンズからやってきた、アニー・シアラーと親友のラントが立っているのだ。

アニーはつま先立ちをして、ゴージャス・ジョージの心臓の部分に手のひらを当てた。ロンドンの空気はぴりっと冷たかったが、手を当てたところは、なんだかあたたかかった。

運命の日

王立ドッグショーセンターのロビーは、人でごった返していた。

マッシュ社のドッグフードや、ほかのメーカーのドッグフードを宣伝する横断幕がかかげられている。毛づくろい用の小物やシャンプーの売店がある。ノミ取り用の首輪や駆除薬について話している獣医がいる。やんちゃな子犬のためのしつけ教室をすすめるケンネルがいる。犬がかむためのおもちゃ、投げるおもちゃ、犬が安心するおもちゃ、しつけ用のおもちゃなどの展示もある。

アニーとラントは圧倒されていた。ふたりは段ボールでできた巨大なセントバーナードの横に立って、ブライアンが受付からもどってくるのを待っていた。

やっと、カラフルなニット帽が、人の群れを縫ってこっちへ来るのが見えた。

「ここよ!」アニーは手をふった。

ブライアンはアニーたちを見つけると、やっとの思いでたどりついた。ほっぺたを真っ赤にして、大きな封筒をかかえている。

「こりゃ、羊の暴走よりひどいや」

ブライアンはアニーの首にストラップをかけた。

「これがパスだ。なくすんじゃないぞ。よし、手をつないでくっついて入ろう。ふたりとも準備はいいか？」

アニーはラントを見おろした。ラントはアニーを見上げた。

アニーはうなずいた。

＊

クランペット・ドッグショーの舞台裏は、とてつもなく広い部屋で、ショーに出る犬たちと飼い主でいっぱいだった。どの組も似たり寄ったりに見える。

みんないろいろなことをしている。プードルはテーブルの上でおめかし。ポメラニアンはドライヤー。スピッツは霧吹きでシュッシュッ。アフガンハウンドはくしでとかしてもらっている。どの犬の毛もブラシをかけてふわふわだ。はさみを入れられたり、まっすぐに整えられたりもしている。

チーム・シアラーはそろそろと、障害物レースのコーナーへ進んだ。

ブライアンは、グレートデーンがじっくりマッサージされているのを見た。

「次はおれ、いい？　飛行機が長くて、腰がこってってね」

マッサージ師は手を止め、イラッとした顔を向けた。

ブライアンはアニーに、おどけたように目を真ん丸くして見せ、ふたりはそそくさと立ち去った。ところが、そんなに遠くへ行かないうちに、よく知った顔に出くわした。

「これは、これは。はるばるイギリスまで来るお金をかき集めたってことですな」ファーガス・フィンクがいった。シンプキンズと犬のチャリオットも後ろにいる。「まあ、むだづかいになるわけだがね」

ファーガスは頭からつま先まで真っ白な衣装だ。金の糸で名前のイニシャルが刺繍された、縄編みのセーターを着ている。まるで昔の全英オープンテニス決勝で、ウィンブルドンのセンターコートにふみ出すような格好だ。

足元では、ラントとチャリオットが、たがいに用心深くにおいをかぎ合っている。と同時に、青いちょうネクタイをつけた迷子の小さなパグが、よたよたとやってきて、ファーガスの足首を検査している。ファーガスはしゃべりつづけている。

「おたくが規則を無視しつづけていることについて、クランペット・ドッグショー公正倫理委員会に、正式に告発したことをご存じですかな。しかし、おたくが競技に出ることを許されたということは、委員会はこの神聖な行事の品位をそこなうつもりらしい」

ブライアンとアニーは、パグが片足を上げて、ファーガスの足首をトイレとして使うところを目撃した。

「品位は大切ですな」ブライアンは笑いをこらえながらいった。

「品位がすべてです」ファーガスは大げさにいいきった。

「残念ながら、あんたのズボンの品位がそこなわれてるよ」

ファーガスは下を見るなり、うわっといって後ろに飛びのいた。パグはすっ飛んで逃げ、あとにはあたたかい水たまりと、困惑した男が残された。

「シンプキンズ！　タオルを持ってこい！　汚されてしまった」

アニーは道具ベルトのポケットからティッシュを取り出して、ファーガスにさし出した。

ファーガスは顔をしかめてにらみつけた。

「せいぜい予選を楽しむんだな。夜の決勝ではお目にかからないだろうから」

ファーガスはぬれた左の靴をぴしゃぴしゃいわせながら、さっと立ち去った。

シンプキンズは後を追う前に、おじぎをして一瞬やさしくほほえんだ。

「がんばってください」そうささやいた言葉は、本気でいっているように聞こえた。

バジルとカミラ

一九七一年にクランペット・ドッグショーの中継が始まって以来ずっと、同じふたりのコメンテイターが放送を担当してきた。今では世界百か国以上に中継されている。コメンテイターの名前は、バジル・ペッパーコーンとカミラ・クラウンジュエル。聞いたことのある人もいるかもしれない。

今日のバジルの服装は、ツイードの背広にタータンチェックのネクタイ。カミラは絹のブラウスの上にうす紫色の上着をはおっている。ふたりは王立ドッグショーセンターにあるスタジオのデスクに向かっている。背筋を伸ばし、ＣＭが終わって番組が始まると、カメラに目を向けた。

カミラはにっこり笑い、やわらかなきちんとした声でいった。

「今年もクランペット・ドッグショーへようこそ。犬の障害物レースの予選を中継いたします。これまでのところ、目を見張る試合が続いています」

バジルの声は太くて低く、上流階級のようだ。

「そのとおりだね、カミラ。最高におもしろい試合だ」

カミラはうなずいた。

「さて、二つの予選グループからそれぞれ上位五頭ずつが、今夜の決勝で戦うことができます。ただ今のところ、トップはオーストリアのザルツブルクから来たジャーマンシェパードのハンセル。少し遅れて、大阪から来た柴犬のモキ。モキは非常に冷静なパフォーマンスを見せました」

「そのとおりだね、カミラ」

「三位はシベリアンハスキーのムース。五年前のすばらしい優勝を覚えていらっしゃる方もおいででしょう。まだ手ごわいですが、残念ながら全盛期は過ぎてしまったといっていいのでしょうか、バジル？」

「ぼくのことをいってるの？　それとも犬のこと？」

「テレビをご覧のみなさまならおわかりかと」

「そのとおりだね、カミラ」

「このグループの四位は、オーストラリアから来たベテラン競技者、ファーガス・フィンクとウィペット犬のチャリオットです」

「フィンクの功績はすばらしいんだ」バジルがいった。「五世代にわたって、このクランペット・ドッグショーで優勝しているすごい家系なんだよ。ところが、家系はすごいんだけど、ファーガス・フィンク自身はまだ大会の大小にかかわらず、優勝(ゆうしょう)したことがないんだよね」

「どうしても優勝(ゆうしょう)しなければならないというプレッシャーが、重くのしかかっているのではないでしょうか、バジル？」

「そのとおりだね、カミラ。それがへまをやらかしてしまう要因(よういん)じゃないかと思われている」

「そうですね。とくに今回、同じオーストラリアから、魅力的(みりょくてき)な新人が挑戦(ちょうせん)することになっていますし」

「そうそう。これはおもしろいよ。アニー・シアラーっていうのは、アプソンダウンズという小さな町の出身で、たったの十一歳(さい)。このイベント史上(しじょう)もっとも若(わか)いハンドラーなんだよね」

「すばらしいですね、バジル。でも彼女(かのじょ)の犬のラントはもっと魅力的(みりょくてき)なんです。もと野良犬で、犬種や血統(けっとう)はまったくわからないんですよ」

「そのとおりだね、カミラ。そのうえ議論(ぎろん)を巻(ま)き起こすかもしれないけれど、ラントは目(め)隠(かく)しをつけて競技(きょうぎ)をする。クランペット・ドッグショーにおける初めてのケースだよ」

「まあ、どの犬も観客に見られるのが好き、というわけではないのでしょう」

「きみにとっては、長年人に見られることなんて問題ではないのにね、カミラ」

「はい。ともかく、このペアは今大会の注目株です。オーストラリア国内で優勝している ので、今大会でも勝つ可能性はあります。アニーとラントが今夜の決勝に残れるよう、期待したいところです。さあいよいよ次に出てきますよ。チャンネルはそのままで」

「そのとおり。そのとおり」バジルがいった。

予選

舞台裏と競技場は、うす暗い通路でつながっている。

アニーは、ポニーテールの若い女性ボランティアに呼ばれた。女性は黒ずくめの服で、マイク付きのヘッドホンにむかって、小さな声で話している。

「はい、アニー、準備が整ったそうです。行けますか?」

「ちょっと待ってください」アニーがいった。

そして、道具ベルトからラントの目隠しを取りはずすと、ひざまずいてラントにしっかりと取りつけた。これでよしと、アニーは見上げてうなずいた。

「いいですね、ではついてきてください」ボランティアはそういうと、ブライアンのほうを向いた。「すみませんが、こちらでお待ちください。行けるのは競技者だけなんです」

ブライアンは緊張し、この場に圧倒されすぎて、しゃべることができない。ただうなずいて、一度だけこぶしをふった。

ボランティアが小さな門を開け、アニーとラントは門を通り抜けてついていった。

通路のいちばんむこうには、クランペット・ドッグショーの競技場が見えている。照明が明るい。観客席は高くそびえている。床には緑色のきれいなマットがしかれ、障害物がきちんと並べられている。アニーが作った練習場とは大ちがいだ。

さまざまなところからテレビカメラが向けられている。役員やタイムキーパーやスタッフが、忙しそうにきびきびと動いている。審判がもうスタンバイしている。競技場のはるかかなたには、障害物レースの優勝カップがある。アニーより大きく、銀色に輝いている。

会場にアナウンスがひびいた。

「次は、はるばるオーストラリアのアプソンダウンズからやってきた、最年少のハンドラー、アニー・シアラーとラントです！」

観客が拍手をした。ボランティアはにっこり笑って、アニーに競技場へ入るように手で示した。アニーは横にラントを従えて競技場へふみ出した。これまでに過去の大会の映像をたくさん見ていたので、初めての場所なのに、なんだか初めてという気がしない。

アニーが出ていくと、歓声はいっそう大きくなった。観客はたちまちアニーとラントに魅了された。アニーは応援がありがたかったが、本当は観客がだれもいないところでやりたかった。

審判が、スタートラインをアニーに指さした。

「ありがとうございます」とアニーはいったが、歓声がすごすぎて、声はかき消された。

見上げると、巨大なスクリーンにライブ映像が流れている。アニーは自分が歩く姿を見た。虹色のニット帽から茶色い髪が出て、道具ベルトが太ももではね返っている。体が大きく見える。それでドリーおばあちゃんを思い出した。アニーはこぶしを握りしめ、さあやるぞと心を決めた。

アニーはスタートラインの後ろにラントをすわらせると、しゃがんで話しかけた。

「あたしはここにいるよ、ラント。いつもと同じ。あたしとラントだけだよ。音は聞こえるけど、ここにいるのはふたりだけ。あたしを見ていてね。がんばろう。家にいる時と同じだよ」

ラントは頭を低くして、スタートラインのにおいをくんくんかいでいる。

アニーはラントの視界に入っているように注意しながら、そろりそろりとあとずさりした。アニーは心配だった。ラントは居心地が悪そうだし、気が散っているようだ。もう一度もどって、ラントを励ましたかったが、審判にせかされた。

「位置について！」審判が声をあげた。

観客はしーんとした。

アニーは息をつめた。

魔法の指は天井をさした。

合図を待つ。

三……二……一……

「ゴー、ゴー、ゴー！　行け、ラント！　レッツゴー！　ゴー！」

ラントはちょっとためらったようだったが、反応したので、アニーはほっとした。ゆっくりスタートしたあと、ラントは勢いよく走りだし、最初のハードルを跳び越えた。だが、これではおそいとアニーにはわかっていた。

「まわれ、まわれ！　くぐれ！　よし、ラント！　よし！」

ラントは鋭くターンをして、トンネルに入り、反対から飛び出すと、スラロームのポールをジグザグにかけ抜ける。

「くねくね！　くねくね！　はい、まわれ！　それ！　それ！　よし！　待て！　待て！　待て……レッツゴー！」

ラントはシーソーをかけ上がり、その上を歩き、下りをかけおりた。次にロングジャンプ、そして二番目のトンネルをくぐり抜け、低い棒の下をくぐり、また高いハードルを跳び越え、平均台を難なくわたり、タイヤの真ん中を飛び抜けた。

観客は大喜びで、大声をあげてラントを応援した。

「まわれ、まわれ、走れ、走れ、走れ！」

アニーは遅れた時間を取りもどそうと、ラントに鋭いターンを指示した。ラントはすばやく反応したが、速すぎて後ろ足がなめらかな敷物の上ですべった。観客は息をのんだ。競技場の外では、ブライアンがびくっとして、ひざの力が抜けた。けれど、ラントは持ち直し、必死にゴールを目指す。競技場のはしからはしまで、茶色いかたまりが飛んでいった。

観客はどよめいた。

アニーがようやくラントに追いついた。息が上がってハーハーしているが、ラントの呼吸はほとんど乱れていない。

審判が緑色の札を出した。反則はなし。

観客はスコアボードを見た。ブライアンも。

アニーは見るのがこわかった。自己ベストのタイムではないが、まあまあかもしれない。どきどきしていた。

アニーは顔を上げた。

三十八秒〇三。

第五位。ファーガス・フィンクの次だ。

スタジアムのアナウンサーが告げた。

「みなさん、予選通過タイムです！　アニー・シアラーとラントは決勝に残りました！　大きな拍手を」

ブライアンは両手を広げ、その場でめまいがするほど踊った。

しかし、競技場を出るアニーは、父の興奮とは裏腹だった。

舞台裏の壁掛けテレビを見ていたファーガス・フィンクもそうだった。ファーガスは苦虫をかみつぶしたような顔をしていたかと思うと、腹立たしそうにシンプキンズのほうに向いていった。

「シンプキンズ、書類かばんを持ってこい」

＊

アニーが舞台裏へもどってくると、ブライアンはおめでとうのハイタッチをしようと、手のひらを上げた。

「やったな！　予選通過だ！」

アニーはハイタッチを無視して、うなだれた。がっかりしているように見える。

ブライアンは心配になった。

「おい、だいじょうぶか？　いったいどうした？」

アニーは肩をすくめた。

「五位にしかなれなかった」

「しかい？　おいおい、世界で五番目に速いんだぞ」

「でも、五位じゃだめなの。五位じゃなんにもならないのよ。みんな、イギリスに行く手助けをしてくれたのに――みんながっかりしちゃう」

ブライアンは大きく深く息をした。

ふたりのまわりでは、ボランティアがせわしなく、競技場から撤去した障害物を運んでいる。競技場は犬の品評会のために、たちまち広い空間になった。「立入禁止」という小さな看板のある区域に、障害物レースの道具が運びこまれた。

ブライアンは、心配そうに犬の世話をしている飼い主たちをながめた。毛並みを整えてスプレーする人、毛をふわふわにしたり、くしですいたりしている人、爪を切る人、歯をみがいてやる人、いつもの動作や飼い主に従うことを練習させている人。雰囲気は伝わりやすい。にこにこ楽しそうにしている人はだれもいなかった。

「さてと、まだ二、三時間あるから、なんか楽しいことでもしようか」ブライアンはいった。

ロンドンで見つけたもの

うす暗い灰色の午後、チーム・シアラーはロンドン市内をぶらついていた。気がつくと、大通りがいくつも合流するロンドンの中心地に来ていた。大きな古いビルや、けばけばしいネオンサインがたくさんある。黒いタクシーや赤いバスが走り、人がおおぜいいてあまりにも騒々しいので、ふたりはしばらく静かな通りを歩こうと角を曲がった。

石だたみの小道をのんびり歩いていると、ブライアンが突然立ち止まった。目の先には、青いペンキのはげかけた店がある。窓の上には大きな真ちゅうの文字が見えた。

ナンデモパイとマッシュポテト

「ナンデモパイだって！」アニーがいった。

「うちにいるみたいだな」

「見て！」アニーは入口の横にある黒板を指さした。チョークでこんなことが書いてある
――ロンドン一うまいうなぎのゼリー寄せ。

「うなぎのゼリー寄せだって？　おまえの母さんだって思いつかないぞ」ブライアンが大声でいった。

　ブライアンは興味津々で、まゆを上げていった。

「腹へってないか？」

＊

　ふたりは店へ入り、小さなテーブル席にすわった。

　丸刈り頭で消えかかったタトゥーの男が、キッチンカウンターから出てきた。男はブライアンの前に皿とボウルを置き、よごれたエプロンで手をふいた。

「はいよ、だんな」

　アニーとブライアンは皿を見つめた。マッシュポテトで囲まれた平たいパイが、緑色のスライムのようなものでおおわれている。一方のボウルには、透明なゼリーに小さな白い三日月形のものがいくつか浮かんでいる。

「これ、うなぎですか？」アニーが聞いた。

　男はウィンクした。

「元気が出らあね。ほかにも用があったら、呼んどくれ」

ブライアンはふるえながら、どろどろのゼリーからフォークでうなぎをすくい取り、パイとマッシュポテトとスライムもすくった。そして大きく息を吐いて気持ちを整えると、それらを一気に口に押しこんだ。ブライアンは二回かんで、凍りついた。

アニーを凝視する。

アニーの唇はゆがんだ。笑わないように必死だ。

「そんなにひどい？」アニーはささやいた。

ブライアンは首を横にふり、飲みこんだ。

「アニー、うまいよ」と、ブライアン。

「〈やさしいうそ〉をいうことはないよ——あの人には聞こえないから」

「うそじゃないって！　食べてごらん」

アニーは少し食べてみた。

「ほんとだ、すごくおいしい。このスライム、好き」

ブライアンはもう一口食べ、口をいっぱいにしながらうなずいた。

「ああんにゃいうあお」

「えっ、何？」

ブライアンは飲みこんでから、もう一度いった。

「母さんにはいうなよ」

＊

ナンデモパイをあっという間に食べつくすと、チーム・シアラーはまた旅を続けた。

しばらく行くと、木の茂(しげ)った公園に来た。ハトが首をふりながら、道を急いでいる。アニーは、リスが木の幹(みき)をするするっと登るのを見た。それから、雲が分厚(ぶあつ)くたれこめているにもかかわらず、口ひげをたくわえた大きな男の人が、芝生(しばふ)の上で日光浴しているのを見てびっくりした。シャツも着ないであおむけに寝(ね)ている姿(すがた)は、緑の氷山の上にいるピンク色のセイウチのようだ。きっとそれくらい寒いだろう。

すると、公園は急に開け、目の前に巨大(きょだい)な建物があらわれた。ブライアンとアニーとラントが、高くとがったものがついている境界(きょうかい)の柵(さく)に沿(そ)って歩いていくと、黒い大きな鉄の門まで来た。金色の紋章(もんしょう)が二つかかげてある。柵(さく)ごしにのぞきこむと、建物の入口には、赤い上着と大きな毛皮(けがわ)の帽子(ぼうし)を身につけた衛兵(えいへい)がいる。

「ひゃーっ！　バッキンガム宮殿(きゅうでん)だ」ブライアンがいった。

「今エリザベス女王、中にいるかな？」アニーが聞いた。

「そりゃ、いるだろ」

アニーは宮殿の大きさに圧倒された。

「女王の寝室って一つかな？　それともたくさんあるのかな？」

ブライアンは考えてみた。

「いい質問だ。きっとメイドたちの気を引きしめるために、毎晩ちがう部屋で寝るんじゃないかな。だがトイレは一つしか使わない。玉座の間ならぬ便座の間ってか」

アニーはにやっとして天をあおいだ。

ブライアンは鉄の柵をさわって、感心していた。

「うちの牧場の柵もこういうのにしなくちゃならんな」

でも、アニーは聞いていなかった。宮殿の空き室のことを考えていたのだ。女王様はさびしくないのだろうか？

アニーがふり返ると、近くにおみやげの売店があった。それを見ていいことを思いついた。

アニーはラントをつれて売店へ行き、道具ベルトからお金と鉛筆を取り出した。そして、天気がいい日のバッキンガム宮殿が写っている絵はがきを買い、近くのベンチに腰かけて、書き始めた。

バーナデット・ボックス様

今、バッキンガム宮殿に来ていて、バーナデットさんのことを思い出しています。この宮殿にも大きな門があって、人を寄せつけないからです。外から見ると少しこわいのですが、女王様自身はとてもいい人にちがいありません。バーナデットさんのように。

私とラントを助けてくれたのに、お礼をいう機会がありませんでした。

いつか、アプソンダウンズの私の家へ来てください。ぜひドリーおばあちゃんに会ってください。きっとおばあちゃんのことが大好きになると思います。

あなたの友だち　アニー

追伸　決勝に出場が決まりました。

＊

そのあと、ふたりと一匹は、細い運河に沿った道を歩いた。水は黒くにごっていて、どろどろの浮草におおわれている。色とりどりの屋形船が列を作っているようすが、アニーにはおもしろかった。

橋の下に入ると、むこうはしに老人がいて、太いひもを手に持ってつりをしているように見える。老人はゆっくりとひもを引き寄せる。革の手袋にゴム長靴、ハンチング帽というういでたちだ。

「つれますか?」ブライアンが聞いた。

老人はにやっと笑った。わけはすぐにわかった。

ひもの先には、強力な磁石がついていた。キャットフードの缶と同じくらいの大きさだ。

ラントはくんくんにおいをかぎ、あとずさりした。老人は、お宝をさがしているんだと説明した。

「お宝? どんなものが見つかるんですか?」と、アニー。

「大したものはないね。フォークなんかの食器。今なら古いコンピューターや携帯電話。お金。ボルトとナット。ドアのちょうつがいやドアノブ。トースター。自転車。キックスケーター。鉄道のくぎ。電池。エンジンの部品。ショッピングカート。ポット。なべ。パイプ。はさみ。何でもござれだ。少しでも運河をきれいにしようと思ってな」

老人はまた磁石を水に投げ込み、ゆっくりとひもを深みに落とした。

「もちろん、おもしろいものも上がるよ。ピストル。ナイフ。戦時中の榴散弾。手榴弾もいくつか。実弾はちょっと面倒だ。警察を呼ばなくちゃなんねえし、運河が閉鎖されて住民は避難させられる。そりゃもう、大騒ぎだ」

老人は磁石を引き上げ、えものを調べた。ドリルの刃、電動泡立て器のステンレス部分、それからホイッスル。それらを磁石から引きはがし、大きなバケツに落とした。

「今まででいちばんよかったものはなんですか？」アニーが聞いた。

「いやあ、いわんよ」老人はウィンクした。「やってみたいかね？」

アニーはうなずいた。

「わかった。この手袋をつけるんだ。ほれ。そしたら、時計の振り子みたいにふる。で、えいっと放す」

アニーは磁石を投げた。運河のはるかむこうにドボンと落ちた。

「そしたら、ひもを沈めて、何かがくっつくのを待つ」

アニーはゆっくりとひもを沈めた。

老人はしゃがんだ。

「おまえさんは本当に、わしが見つけたいちばんいいものを知りたいのかね？」老人がたずねた。

「ええ、ぜひ」

「人生の意味さ」老人はいった。

アニーにはよくわからない。

「どういう意味ですか？」

「つまり、ひもを引き上げるたびに、いいものを引き当てるかもしれないって期待するじゃねえか。そんなわくわくは、ほかにはねえだろ。ほんのちょっとした希望さ。精神的にいいことだろ？　元気になるし、想像力をかきたてられる。大したものが取れなくても、がっかりすることたあない。希望をもって、またやればいい。年寄りからいわせてもらえば、人生の目的はそれさ。希望をもってやりつづける。いいことが起きるのを待ちつづける。それこそ人生の意味だ」

アニーはよく考えてうなずいた。

そして、水から磁石を引き上げた。磁石の底に何かがくっついている。アニーはそれを引きはがしてよく見てみた。

古い鍵だ。

「やったな！　そいつはきっといいお宝だ」老人がいった。

老人は金属たわしで鍵をごしごしこすり、雑巾でふいた。鍵は十二、三センチくらいの長さで、百年ほど昔のもののようだ。

「こいつはおまえさんのもの」老人は鍵をアニーにわたした。

「ほんとに？　もし宝物の箱が水の中にあって、その鍵だったらどうします？」

「そしたら、手榴弾を一発使えばいい。これは持ってろ。イギリスの川で拾った小さな鍵だ。おまえさんの未来のたくさんのドアを開けてくれるかもしれんぞ。幸運を」

「ありがとう」アニーは鍵(かぎ)を道具ベルトにしまった。「ご親切にどうも」

妨害工作

同じころ、数キロ離れた王立ドッグショーセンターの奥深くに、絶対にいいものを引き当てることのない、親切とはいえない男が立っていた。

そう、ご想像のとおり、その男はファーガス・フィンクである。

障害物レースの道具が保管されている立入禁止区域をながめながら、シンプキンズは小さなテーブルの上に黒い書類かばんを置いた。かばんの側面には、ファーガスの服と同じように、ＦＦというイニシャルが入っている。

ファーガス・フィンクは肩ごしに左右を見て、だれもいないことをたしかめた。そして、かばんの留め金を外し、カチャッとふたを開けた。

中には、小さなガラスの霧吹き器が三つ、発泡スチロールの入れ物に入っていた。それぞれちがうラベルが貼ってある。一つは骨の絵。もう一つは猫の絵。最後の一つは靴下の絵だ。

ファーガスは一つひとつ指さしながら、シンプキンズにささっと説明した。

「よく聞け。これは〈おやつの濃縮エキス〉だ。スラロームのポールの下のほうにふりかけろ。この瓶は〈猫の香り〉。トンネルの入口と出口にまいておけ。これは〈使い古した靴下のツンとくるにおい〉。こいつはタイヤとシーソーにスプレーしておけ。どれも少しだけだ。どのエキスも濃度が高いから、少しだけでも十分長持ちする。わかったか？　さあ、すばやく、静かにやるんだ。決勝戦の前には、チャリオットの鼻をふさいでおくのを忘れるな。それから、万一だれかに見られたら、ここの道具係だといえ。疑われたら逃げろ。つかまったら、全部否認しろ」

シンプキンズはうなずいたが、ためらう気持ちが強くて足が固まっている。動けないのだ。

「何をしている？　早くやれ！」ファーガスが声を押し殺していった。

シンプキンズは苦しんでいる。

すると、シンプキンズはかばんを閉じた。

「できません」

「できるだろう。今だれもいないんだ。今しかない！　早く！」ファーガスが断固としていった。

「だめです。つまりその……わたしはそんなことやりません。これは不正です」シンプキンズはいった。

ファーガスはあぜんとした。

「もちろん不正だ！　それがどうした？」

「申し訳ない」シンプキンズの謝罪は、キャリーケースの格子から鼻をつき出している
チャリオットに向けたものだった。

シンプキンズはため息をつくと、むこうを向いて歩き始めた。

ファーガスは一瞬ぼうぜんとしたが、すぐに激怒し、真っ赤になって足をふみならした。

「シンプキンズ！　もどってこい！　もどらなければクビだ！」

けれど、シンプキンズはもういうことを聞かない。心臓をバクバクさせながら、通路を
去っていった。

ファーガスは腹立たしそうに書類かばんを開け、瓶を全部取り出した。

「もういい。自分でやってやる」ファーガスはいった。

世界が見ている

「起きて！　起きてよ！」

地球の反対側のアプソンダウンズでは、真夜中にスージーがマックスを起こそうと、寝室のドアをノックし、中へ入ってきた。おどろいたことに、マックスはもう起きていた。ベッドにすわって、折れていないほうの手で、ノートパソコンを打ったりスクロールしたりしている。

「あなた、この何日もパソコンにしがみついて、メンドリがえさをつつくみたいにのめりこんでるけど、いったい何をしてるの？」スージーが聞いた。

「なんにも」マックスがいった。

「なんにもしてないようには見えないわ。ほら、もうすぐ時間よ！」

「もう少ししたら行くよ。もう終わるから」

スージーは、あやしいわねという顔をした。

「また新しいスタントを考えているんじゃないでしょうね」

「しーっ！　集中してるんだよ」マックスはいった。

スージーはしばらくそこにいたが、やがて部屋を出た。

マックスはリビングに入ってきた時も、パソコンを持っていた。ドリーとスージーは、チーム・シアラーの虹色のニット帽をかぶって、テレビの前のソファーにすわっている。

スージーはマックスにもニット帽をわたした。

「これかぶって。もうすぐ始まるわよ！」

マックスはニット帽をかぶっていすに腰かけた。ところがまだ気もそぞろに、パソコンを打っている。

「そんなもの閉じて、妹を応援したらどうだい！」ドリーが叱った。

「大事なんだよ！」と、マックス。

ドリーとスージーはいらいらしながらマックスを見つめた。マックスは最後のキーをたたいた。

「よしよし、終わった」マックスはそういってふたを閉じた。

テレビではマッシュ社のドッグフードのＣＭが終わり、クランペット・ドッグショーの放送が再開した。

バジル・ペッパーコーンとカミラ・クラウンジュエルが、カメラに向かってにっこりほほえんだ。

「再びクランペット・ドッグショーの中継です」カミラがいった。「わたしたちも楽しみにしていました。障害物レースの決勝戦です」

「そのとおりだね、カミラ。世界中から来てくれたすばらしい十頭の犬たちと、献身的なハンドラーたちが、今夜お披露目されるというわけだね。予選で話題になった十一歳のアニー・シアラーとラントもいるよ。オーストラリアのアプソンダウンズからはるばる来てくれたんだ」

「アニーよ！」スージーが叫んだ。

アニーの予選のビデオがスクリーンに流れた。ドリーとスージーは歓声をあげて拍手した。マックスは身を乗り出した。

「うっわあー」マックスは観客の多さに圧倒された。

「びっくりするような話ですよね。故郷ではみんなが応援しているでしょうね、バジル」

カミラのいうとおりだった。真夜中に起きてテレビを見ているのは、シアラー家の家族だけではなかったのだ。

＊

アプソンダウンズ小学校では、子どもたちや学校関係者や保護者たちが講堂に集まって、大画面でクランペット・ドッグショーを見ていた。色あざやかなリボンや風船や貼り紙が壁を飾っている。〈がんばれ、アニー！〉とか〈行け、ラント！〉などと書かれている。

学校からの宿題として、どの生徒も自分の虹色ニット帽を編んできて、今かぶっている。もっと応援したい子は、アニーに敬意を表して、自分の家の納屋から道具ベルトを探し出し、身につけている。

担任のフォームズビー先生は感動していた。この光景をアニーが見ていたらよかったのに、と思った。

*

パブのゴールデン・フリースでは、店主のマービン・フロスと陽気な常連客たちが、古いテレビを見ていた。みんなはラントのとんでもないいたずらについて、笑いながら話していた。料理人は特別なチキンカツを作って、テーブルに置いた。いつもラントがチキンカツを失敬していた、まさにそのテーブルだ。みんなはラントのために乾杯した。まるでラントはずっと愛すべき友だちだったというように。

「みんなの誇り、ラントに！」

「がんばれ、最高のちびすけ！」

「優勝しろよ、ラン公！」

「だいじょうぶ、がんばれよ！」

＊

アプソンダウンズの町では、住民が一人残らず見ているようだった。

空気中に電気が走っている。奇妙な静けさだ。首の後ろの毛が逆立つような緊張と興奮。本当にものすごいことが起こりそうな感覚。これはすべてアニー・シアラーとラントが引き起こしたものだ。

生花店のグレーテル・パテルは家族といっしょにすわっていた。ブライアンのバラが部屋の片すみにある。

ダンカン・ベイリーフ巡査でさえ、しかめ面でテレビの前にすわっていた。画面ごしにかたきをつかまえようとしているかのように、輪なわのついた折れた棒をときどきふりまわしている。

町から離れた、シアラー牧場に近いところでは、アール・ロバート＝バレンが一人で、応接間にある革のソファーにもたれかかっていた。ワインをすすりながら、古いラジオのＢＢＣワールド放送で、クランペット・ドッグショーの中継を聞いていた。遠くで、ブライアン・シアラーの羊がメエメエ鳴いている。アールがせまい囲いに閉じこめている羊たちだ。

アールがこの犬の障害物レースに興味をもっているわけは、アプソンダウンズのほかの住民とは逆に、アニー・シアラーに失敗してほしいと思っているからだ。

アニーが失敗すれば賞金はかせげないので、シアラー家を牧場から追い出し、その土地を自分が安く買えると思っている。

シアラー牧場を買いたい理由は、アプソンダウンズ全体を買い集めたいからだ。

アプソンダウンズ全体を買い集めたあとは……ほかのものに目が行くのだろう。アールは満足したことがない。どんなにたくさんの芸術品を買い集め、ためこんでも、それがどんなにめずらしい貴重品でも、自分の心の空洞を埋めることはできないのだ。

*

アプソンダウンズから遠く離れた山の奥深くでは、バーナデット・ボックスが紅茶を飲みながら、たった一つあるいすに腰かけていた。バーナデットも一人だった。真っ暗な部屋で、小さなテレビ画面だけが明るく光っていた。

アニーとラントがテレビに映ると、バーナデットは誇らしげにほほえんだ。暖炉の前の敷物にちらりと目をやる。ラントもモクシーも、あそこで寝るのが好きだった。

バーナデットは昔の友だち、モクシーをなつかしく思った。

そして思いもよらなかったが、新しい友だちのラントにも会いたい自分がいたのだ。

*

「さて、カミラ、いよいよ準備が整ったようだね。障害物コースはスタッフによってきちんと並べられた。お客さんは大入り満員。完ぺきな状態で、すばらしい戦いが見られるね」

「とても統制のとれた組織ですね、バジル。うまくいかないと考えるほうがむずかしいです」

「そのとおりだね、カミラ、そのとおり。実際、われわれがこのクランペット・ドッグショーの放送を担当してから今まで、異常事態は一度も起きていないんだ。今夜も変なことが起きる理由はないよ」

「さて、前置きはこのくらいにして、競技場に目を移しましょう。最初のチームが登場してまいります。フランスのパリから来た、ハリエット・スナッチとポメラニアンのエクレアです」

＊

アニーとラントとブライアンは、舞台裏へもどってきた。壁をうめつくしているたくさんのテレビ画面が放送を映しているが、アニーは見ていなかった。まわりにいる犬たちのようすがおかしいと、気づいたからだった。

レースに使う障害物が保管されていた立入禁止区域に、犬たちがどうしても入りこもうとしているようなのだ。むきになってハンドラーの手をふりほどき、床をくんくんしながら、「立入禁止」の看板など気にもとめずに、ロープをくぐろうとしている。

ハンドラーたちは手をたたいて呼びもどそうとした。何匹かはいやいや従ったが、残りは無理やり引きもどされ、叱られた。

断固として道なき道をたどり、競技場への通路へ出ようとする犬たちもいる。まるで魔法にかかったかのように、柵に体を押しつけて突破しようとしたため、ボランティアたちが追い返そうと右往左往した。

何かがおかしいと、アニーは感じた。

クランペット・ドッグショーで、悪いことが起きようとしているのだ。

大混乱

ファーガス・フィンクは通路をこそこそと歩いていき、目立たないところからこっそりようすをうかがっていた。

まず、最初のポメラニアンのエクレアに注目した。エクレアはスタートラインへトコトコと歩いていく。ところが気が散っているようで、ふわふわの白い頭をふったり、小さな黒い鼻であたりをかぎまわったりしている。ファーガスは喜んだ。

ハンドラーのハリエット・スナッチはかがんで指を鳴らし、犬を集中させようとした。観客は歓声をあげ、アナウンサーはアナウンスをし、カメラは被写体をとらえてじっとしている。

エクレアはスタートラインについた。審判がうなずく。役員とタイムキーパーは準備万端。いよいよ決勝の幕が切って落とされるのだ。

観客はしーんとした。

エクレアは落ち着いて立っている。

ハリエット・スナッチは、スタートの合図を待っている。

三……二……一……

＊

読者のみなさんの中には、どうして犬にクリームとチョコレートのおいしいお菓子の名前がついているのか、ふしぎに思う人もいるかもしれない。フランス語を知らなければ無理もない。実はフランス語で、エクレアは稲妻という意味なのだ。真っ白なポメラニアンが、障害物コースをすばやく動きまわるようすを見れば、だれもがこの名前に納得するだろう。エクレアはスタートしたとたん止まってしまったが、止まる速さもまた稲妻のようだった。

スラロームの半分のところで、ふしぎな誘惑に強く引きつけられ、エクレアは急ブレーキをかけた。そしてポールの下のほうを無我夢中でかいだりなめたりしている。どうにもならないほど引きつけられているのは、ファーガス・フィンクがたっぷりふりかけた、〈おやつの濃縮エキス〉だった。

観客はどよめき、エクレアに失望した。

ハリエット・スナッチは両手を腰にあてて首をふっていた。なすすべもなく時間は過ぎ去っていく。審判は赤い札を上げた。チャンスはついえた。

ファーガス・フィンクはにやつきながら、ククク……と笑った。

「おお、これはなんということだ」バジル・ペッパーコーンがスタジオで残念がった。

「考えられませんね。この競技の経験は豊かなのに、指示に従わないとは」カミラ・クラウンジュエルがいった。

　エクレアはおかまいなしだ。スラロームのポールをこれでもかとかぎまわり、ハリエットの必死の指示など聞いてはいない。やがて、ハリエットはポメラニアンの首輪に指を引っかけ、コースからつれ出した。観客は同情の拍手を送った。

　次の出場者が急いで競技場に案内された。

「では次は、テキサスからやってきたボブ・アップルと、ダルメシアンのピストルです。ピストルがいいタイムを出してくれることを期待しましょうね、バジル」

　大きなカウボーイハットと、ベルトに保安官のバッジのような星形のバックルをつけたボブ・アップルもまた、ピストルが集中していないことに気づいていた。ボブは低い姿勢で、すばやくスタートラインにつれてきた。

　審判は準備ができている。観客は静まった。合図が三回鳴った。

　ピストルは飛び出した。ボブ・アップルは大声をあげ、腕をふりまわし、ダルメシアンは問題なくスラロームをかけ抜けた。一瞬、クランペット・ドッグショーはまた元にもどったかのように思えた。ところが、トンネルの入口で災難が襲ってきた。〈猫の香り〉

がまかれていたところだ。ピストルは走るのをやめ、ワンワン吠(ほ)えると、トンネルをがりがりひっかいたり、かみついたり、引っぱったりし始めた。

観客はびっくりして、ざわついた。

審判(しんぱん)は赤い札を見せた。

ボブ・アップルはカウボーイハットを地面に投げつけ、けとばした。

ファーガス・フィンクは今度も大満足だ。

役員も、審判(しんぱん)も、タイムキーパーも、テレビのプロデューサーも、ボランティアも、イベントスタッフも、カメラマンも、観客も、どうしたんだろうとみんな困惑(こんわく)して、顔を見合わせた。

何かとてつもなくおかしなことが起こっている。

バジル・ペッパーコーンとカミラ・クラウンジュエルもびっくり仰天(ぎょうてん)していた。

「おどろきましたね」カミラがいった。

「めんくらったよ」バジルがいった。

「まだたったの二番目だというのに、障害物(しょうがいぶつ)が壊(こわ)されてしまいました！」

「そのとおりだね、カミラ。前代未聞だ！　今夜は指示(しじ)に従(したが)わない病が伝染(でんせん)しているみたいだな」

舞台裏では、ブライアンとアニーが放送に目をこらしていた。

ふたりのまわりにいる犬たちも、落ち着きなくそわそわしている。立入禁止区域に入ろうとしつづけているし、ごろりと転がったり、じゅうたんに毛をこすりつけたりしている。掃除機のように、床をくんくんかぎまわる犬もいる。さらには、競技場に飛び出していこうとする犬もいる。

おとなしい犬はラントだけだった。ラントはもう目隠しをつけて、アニーの足のあいだに静かにすわっている。

「なんてこった。この調子なら、コースをちゃんとまわればいいだけだぞ」ブライアンがいった。

「なんかすごく変だね。犬たちのいつもの態度とぜんぜんちがうもん」アニーがいった。

＊

競技場では、気の毒なボブ・アップルが、ピストルをトンネルから引き離すのに手こずっていた。ボランティアが助けに走ってきた。

その時、わんぱくなジャック・ラッセル・テリアのパブロが、舞台裏から飛び出して競技場に飛びこんできた。パブロのハンドラー、イグナシオが勇敢につれもどそうとしたが、パブロは動きが速く、障害物のにおいをかぎたくてたまらないようすだ。

すると突然、ゴールデンレトリーバーのミッキーがあらわれて、観客は息をのんだ。すぐあとに、シベリア産の大型犬サモエドのスプートニクも合流。二匹でコースに突進し、不運なハンドラーたちが追いかけた。

「なんてことだ！」バジル・ペッパーコーンが叫んだ。

そのあとはもう大混乱だ。

犬たちが通路から飛び出して競技場になだれこみ、まるでイナゴの大群のように、障害物にくっついた。くんくんかぎ、鼻を鳴らし、転がり、吠え、かみつき、爪で引っかき、なめまわした。ハンドラーやイベントスタッフが犬たちを集めておとなしくさせようとするのを見て、観客は大笑い。

ラントだけは舞台裏にいた。

アニーはまわりを見わたし、何がどうなっているのか考えた。

そして、指をパチンと鳴らした。わかったのだ。

その時、おそろいの青いブレザーに灰色のズボンをはいた、とても深刻な顔のおじさんたちが、王立ドッグショーセンターの奥から舞台裏までやってきた。

「すみません」アニーが呼びかけた。

おじさんたちは立ち止まらない。

もう一度呼びかけた。

「すみません！」

やはり立ち止まらない。

「おーい！」ブライアンが大声でいった。

すると、おじさんたちは立ち止まって、ふたりを見た。

中ほどに、みんなとはちがう上着を着たお年寄りがいた。紅白のしま模様がうすくなっている古い上着だ。その人は白髪でやさしそうな目をしている。アニーはどこかで会ったことがあるような気がしたが、どこで会ったのか思い出せない。

「あの、ちょっとお話ししたいことが……障害物の道具が原因だと思うんです」アニーがいった。「道具に、犬を引きつける何かがぬってあるんです。道具をきれいにすれば、ちゃんとなるのではないでしょうか」

おじさんたちは、アニーが近づいてくるのをじっと見つめている。ラントはアニーの足にぴったりくっついていっしょに歩いている。アニーは道具ベルトから小さな石けんを取り出した。

「これがありますけど、足りないかもしれません」

紅白のしま模様の上着のお年寄りが、隣の人に急いで耳打ちした。その人はうなずき、トランシーバーにメッセージを入れた。お年寄りはかがんでいった。

「ありがとう、アニー、ありがとう、ラント。きみたちはわたしのおじいさんのお気に入りになっただろうねえ」

お年寄りがほかの人たちと急いで立ち去ったあと、アニーはどこでその人と会ったのか思い出した。外の銅像とそっくりだったのだ。

それもそのはず、その人は銅像の人の孫、キングスリー・クランペット三世だったのである。

世界の反応

放送スタジオでは、バジルとカミラが取り乱していた。

「まったく、何が起きているんだ、カミラ？　わけがわからん！」

「本当に地獄のようです！　こんな光景は見たことがありません！」

「めちゃめちゃ！　ぐちゃぐちゃ！　おや――あの犬はシーソーで何をしているんだ？　いや、これは……とてもいえないな」

競技場はまさに大混乱。つかまえようとする手から、犬たちはするりと逃げる。リードとの攻防戦だ。犬同士では障害物の取り合いも起きている。

ファーガス・フィンクは、明らかにエキスをふりかけすぎたと気づいて、しまったと思った。シンプキンズがやらないからいけないんだとぶつぶついいながら、こっそりとその場から逃げ出した。

アプソンダウンズでは、シアラー家の家族が目を疑っていた。

ドリーは口をぽかんとあけてテレビを見ている。マックスはにやにや。スージーは画面をよーく見つめた。

「アニーとラントはいないわよね？」スージーが聞いた。

「いないみたいだね」

「ああ、よかった」と、スージー。

「まるでドッグランだね！　ぜんぜん統制が取れてない！」ドリーがいった。

「まるでサーカスだな！　ぜんぜん統制が取れてない！」パブのゴールデン・フリースの店主マービン・フロスが、カウンターの中でいった。

　パブのお客たちもうなずき、うーんとうなった。

　学校の講堂では、生徒たちが大笑いしていた。こんなにおもしろいものは、生まれて初めて見たのだ。

　アール・ロバート＝バレンは、まったくおもしろくなかった。いらいらしながら、懐中時計で時間を見た。

　バーナデット・ボックスはあぜんとしていた。両手を頭にあてて、小さなテレビを食い入るように見つめていると、やっとイベントスタッフとハンドラーたちが、犬たちを集めて競技場から退出させた。

　放送はスタジオに切り替わった。スタジオではバジルとカミラが冷静さを取りもどそうとしていた。

「クランペット・ドッグショーの歴史上、まさにもっとも奇妙でばかばかしい、信じられない瞬間でしたね」

「そのとおりだね、カミラ。障害物がすっかりきれいになるまで、競技はしばらく休止されるとのことだ」

「また、このショーはたいへん寛大ですので、エクレアとピストルはもう一度走ることが許可されました。このような異常事態を考慮すれば、当然のことと思われます」

「そのとおりだね、カミラ。なんでも障害物に、犬を引きつけるにおいがふりまかれていたらしい。しかし、なぜそんなことになったのかは、だれにもわからない」

「それは謎に包まれたままですね、バジル。やっかいな謎です」

「競技者の中に妨害工作をはたらいた人物がいると思うかい、カミラ？　においでじゃますするなんて、まったくの鼻つまみ者じゃないか。うさんくさい話だ。しかし、いったいだれがこんな悪だくみを思いついたんだろう？」

　バーナデット・ボックスはいすにもたれかかった。すべてがつながった。

「ファーガス・フィンクだ」バーナデットはひとりごとをいった。

ファーガスはクジャク

何人ものボランティアとイベントスタッフが、消毒液や石けん水や、スポンジやタオルを持って飛び出してきた。そして、ごしごしこすったり、流したり、かわかしたりした。洗浄が終わると、巻き毛のビション・フリーゼのディーバがテスト犬としてつれてこられた。ディーバはその前の時間に、品評会の小型犬の部で優勝していた。

ディーバは小さくて白く、毛は生け垣のようにきちんとトリミングされていた。競技場に放たれると、審判や役員が近くで観察した。ディーバが歩くと観客は歓声をあげた。その称賛を楽しみながら、ディーバは気取って歩いた。ホッとしたことに、ディーバは歩くあいだ、障害物には一切気を取られず、立ち止まったのは耳の後ろをかいた一回だけだった。くんくんかいだり、なめたり、転がったりすることがなかったので、ショーは再開されることにすぐ決まった。

*

今度は問題なく進んだ。

エクレアとピストルはまた競技場に呼ばれ、コースを飛ぶように走って、すばらしいタイムを出した。

競技場にはまた興奮と期待感がもどった。

ほかの犬たちもみんな、すべったり、まがるところをまちがえたり、ハードルに引っかかったり、平均台から落ちたりせずに、走りを実行した。反則は一回もなく、指示に従わないこともなかった。

タイムはどれも接近していた。

パブロとハンセルとスプートニクとモキとムースとミッキーは、みんな十分の一秒差の中に集まっている。まばたきするくらいの、またはハチドリが羽を一回はばたかせるくらいの時間だ。

ハンセルがトップで三十七秒七三。

パブロとモキは二位と三位。

だが、まだ走っていない犬が二匹いる。

先に出てくるのはチャリオット。

そして最後は、ラントだ。

＊

ファーガス・フィンクは、香り作戦がこんな悲惨な結果になっても、ぜんぜん気にしていなかった。

名前が呼ばれると、堂々と競技場へ出てきた。ついにフィンク家の使命を果たす時が来たと確信していた。もう優勝はのがすまい。そして自由になる。有名になって、尊敬を集めるのだ。

ファーガスは、当然受けるべきものを獲得しにここへ来たと思っている。犬の障害物レースの世界が、この何年も情け容赦なく拒否してきたものを、つかみに来たのだ。優勝を。

ファーガスはその時のために、いちばんきらびやかな衣装を着てきた。きらきら光る黒のスパンコールで飾られたジャンプスーツに、同じ生地のケープ。後ろには名前の頭文字が書かれている。ケープは真っ赤な絹でふちどられ、旗のようにたなびいている。

ファーガスが大げさな格好で登場したので、観客はおどろいた。とまどって拍手もまばらだったが、ファーガスはちっとも変だと思わなかった。ファーガスの頭の中では、観客の歓声が鳴りひびいていたからだ。手をふり、深々とおじぎをする。まるで勝利した古代ローマの剣闘士が、コロシアムで花や贈り物のシャワーを浴びているかのようだ。

ファーガスは両手でケープを広げて、ゆっくりとまわり始めた。

アニーはそれを舞台裏の画面で見ていた。

ケープを広げて胸をはり、細長い足でくるくるまわるようすを見ていると、アニーはクジャクを思い出した。

能あるタカは爪を隠すというけれど、隠していない動物もいるし、実は能がない動物もいる。クジャクはまさにそんな動物だ。

クジャクは気性の荒い大きな鳥で、あまり遠くへは飛べないし、速く走ることもできない。巨大な美しい尾羽で知られており、広げると実際より自分を大きくりっぱに見せることができる。

たいていの場合、敵をこわがらせたり注目を浴びたりしたい時に、そのようにふるまうのだ。うまくいかなければ、何キロ先でも聞こえるような金切り声で鳴く。

ファーガス・フィンクはクジャクそっくりだと、アニーは思った。

そしてクジャクと同じように、ファーガスも恐ろしい性質を持っている。

ファーガスが観客にアピールしているあいだに、チャリオットは自分でスタートラインへ向かった。そしてすわって待っている。

ようやく審判がファーガスに位置につくようにいった。ファーガスは気取って中央へ歩き、ポーズをとった。片方の腕を頭上に上げ、片ひざをつく。フィギュアスケートの選手が演技を始める時のようだ。

観客はしーんとした。

チャリオットはまっすぐ前を見つめて、かがんでいる。

三……二……一……

チャリオットは飛び出した。目にもとまらぬ速さだ。流れを下る魚のようにスラロームをすり抜け、トンネルにむかって鋭くターン。走りは美しく、練習の成果が出ている。ファーガス・フィンクはくるくるまわったり、飛んだり、手をたたいたり、指さしたり、ボウリングの玉を転がすように手を動かしたりしているが、チャリオットはその指示を受けて走っているわけではなかった。

チャリオットはファーガスを完全に無視していた。ファーガスは単なる障害物の一つにすぎなかった。

けれど、なんの指示もないというわけではない。

チャリオットはシンプキンズの幻を近くに感じていた。幻はずっとつきそい、支えていた。そのため、何をすればよいか、チャリオットにはちゃんとわかるのだ。ふたりはこの瞬間のために、長い長い時間、ともに訓練してきた。だから、チャリオットのシンプキンズへの忠実な愛情とふたりの絆が、こんなにすばらしい集中力とスピードと優美さを生み出したのだ。

舞台裏では、アニーがテレビ画面にくぎづけになっていた。胃が痛い。チャリオットの走りは完ぺきだ。これを負かすのは至難の業だろう。

チャリオットは二番目のトンネルをシュッと抜け、シーソーを難なくわたり、最後のハードルを跳び越えて、ゴールラインにまっすぐかけこんだ。

「すごい！　すばらしい走りだ！」バジル・ペッパーコーンがいった。

「ファーガス・フィンクはとても……独特なハンドラーですが、今年は彼の年になるといってもいいのでしょうか。公式タイムを待ちましょう」

競技場では、ファーガスが息をつめて電光掲示板を見上げている。

審判は緑の札を上げた。反則はなし。

タイムが表示された。

三十七秒五二。

チャリオットがトップに立った。

ファーガス・フィンクは大げさにひざまずき、空に向かって両手を上げて、ガッツポーズをした。

「やった！　やったぞ！」ファーガスは叫んだ。

チャリオットはちょっと迷子になったような気分で、ゴールラインに立っていた。大好きなシンプキンズがぽんぽんしてほめてくれて、手作りのおやつをくれるのを待っているのに、どうしていいかわからず、きょろきょろしていた。

シンプキンズはどこにもいない。

事実、シンプキンズはチャリオットが走るのを見てもいなかった。

もうたくさんだったからだ。

シンプキンズは王立ドッグショーセンターの廊下のずっと奥で、FFという頭文字のついた書類かばんをかかえていた。中には、空になった香りの瓶が三つ入っている。

シンプキンズは、クランペット・ドッグショー公正倫理委員会の部屋の入口に立っていた。正しいことをしようとしているのだが、そのあとどうなるかわからず、不安だった。友だちのチャリオットには、もう二度と会えないかもしれない。

シンプキンズは大きく息を吸った。

そして、ドアをノックした。

通路でぶつかる

「シアラーさん、出番ですよ。こちらへどうぞ」

ボランティアがにっこりしてゲートを開け、アニーとラントを通路へ通した。

「やっぱりおれは行っちゃだめかい？」ブライアンが聞いた。

「ええ、申し訳ありません。競技者だけなんです」

ブライアンはうなずき、かがんでアニーの肩を抱いた。ブライアンのほうが神経質になってどきどきしていた。

「ようし、忘れ物はないか？　目隠しはつけたか、ラント？　うん、準備万端だな。じゃ、思い切ってやってこい。楽しむことがいちばんだ。世界中がおまえたちを応援してるからな。すごいだろ！　さあ、行ってこい。幸運を祈ってる」

「運なんていらないよ」アニーはいった。

ブライアンはにやりと笑い、アニーとラントがうす暗い通路を歩いていくのを見つめた。そして、クリップボードにむかって忙しくしている別のボランティアの腕を、ひじでつついていった。

「あれ、うちの娘」

アニーはきびきびと歩いていった。名前が呼ばれるのが聞こえる。くぐもった声が壁にはね返っている。左足のすねに、ラントの毛のあたたかさを感じ、ほっとした。

出口に近づいた時、急に人影があらわれて、アニーとぶつかった。アニーは後ろへよろめいた。人影はつまずき、床へ倒れこみながら一瞬ラントとからみあい、急いで立ち上がった。

それは、チャリオットをつれたファーガス・フィンクだった。

アニーは身がまえたが、ファーガスはいつになくやさしく、心配しているような口調でいった。

「これはこれは、すまんね、アニー。またぶつかってしまったな。農業フェスティバルでぶつかった時には、無料のパイでズボンが台無しになったがね！　けがはないかい？」

「だいじょうぶです」アニーはいった。

「それはよかった。レースではいいタイムを期待しているよ。今まで見くびっていたが、きみはすばらしいライバルだ。健闘を祈っているよ」

アニーは顔をしかめ、ニット帽をまっすぐにした。

「はい。ありがとうございます」アニーはいった。

ファーガスはにっこりすると、ケープを背中にひるがえして、通路を歩いていった。アニーはぶつかってぼーっとしたのと、ファーガス・フィンクが急にやさしくなったのに混乱して、頭をかきむしった。きっといい人間に変わったんだろうと思った。アニーのほうも、ファーガスを見くびっていたんだろう。

アニーは競技場へふみ出した。観客の声があまりにもすごすぎて、アニーは地に足がついていないような気がした。何千もの目がじっとこちらを見つめているし、カメラはスタートラインへむかってコースを歩く自分を追っている。アニーはあごをくいっと上げ、まっすぐ前を見た。

審判も役員もタイムキーパーもボランティアも、全員アニーとラントを見ている。キングスリー・クランペット三世と仲間たちは、最前列の特別席で観覧している。

「さあ、いよいよ登場です」スタジオでカミラ・クラウンジュエルがいった。「ぜひともいい成績を残してもらいたい女の子、十一歳のアニー・シアラーと雑種犬ラントです。地球の反対側、オーストラリアのアプソンダウンズからはるばるやってきました」

そして、地球の反対側、オーストラリアのアプソンダウンズでは、シアラー家の家族がみんな立ち上がって、両手をふりながら大歓声をあげていた。

「出てきたよ！　うちのアニーだ！」ドリーが叫んだ。

学校の講堂では、生徒たちががぜん張り切りだした。座席から飛び上がり、虹色のニット帽をふりまわしている。職員も親たちも手をたたいて笑っている。

パブのゴールデン・フリースでは、みんながグラスをかかげて、ラントとアニー・シアラーに乾杯だ。サッカーの試合みたいに、カウンターをバンバンたたいて大騒ぎ。

町じゅうが、小さな女の子とその犬によって一つになった。アプソンダウンズじゅうの家庭が希望と幸せでいっぱいになった。ふしぎなエネルギーが空中に満ちている。長いあいだそういうことはなかったが、奇妙な力がその夜を生き生きとさせている。

何かが動いている。重要な何かが。

アール・ロバート＝バレンでさえ、それを感じていた。

アールはいすで背を伸ばし、くんくんにおいをかいだり、耳をそばだてたり、肩ごしに後ろを見たりした。

屋敷の外では、羊たちが囲いの中から大声でメエメエ鳴きたてている。馬はいななき、柵に沿ってパカパカ行ったり来たりしている。カンガルーは泥をはね返しながらピョンピョンとんでいく。ニュージーランド・アオバズクは、枝の上から不気味な声で鳴いている。

アールは立ち上がり、古いオイルランタンに火をつけた。このランタンは、かつてイギリス人南極探検家、アーネスト・シャクルトンのものだった。

アールは玄関のドアを開け、暗闇に目をこらした。

「だれかいるのか？」

声がふるえている。いつものえらそうな調子はみじんもない。アールは耳をすましたが、返事はない。

まったくのひとりぼっちだった。

*

バーナデット・ボックスは、アニーが競技場を大またで歩いているのを見て、首の後ろがぞくぞくしていた。誇らしくて顔がほてり、笑みがこぼれる。

その時、何かがおかしいと気づいた。バーナデットは目を細めて、テレビを見つめた。

そしてハッと息をのみ、手を口に当てた。

何キロも離れたところで、スージーも同じものを見ていた。

スージーは大声をあげるのをやめ、真顔になっていった。

「たいへん」

大舞台

アニーはスタートラインに着いた。そして、競技場に入ってから初めて、ラントを見おろした。

そこでやっと気がついた。

アニーは大あわてで、目が真ん丸くなった。

胃がひっくり返った。

＊

同じころ、ファーガス・フィンクはケープに両手を隠したまま、ごみ箱置き場へ着いた。ずるがしこくいやらしい笑みを浮かべ、とても大事なものをこっそり捨てた。

さっきアニー・シアラーとぶつかったのは、偶然ではなかった。よくよく計画され、実行されたものだった。ファーガスは床に倒れる時、ケープでラントを隠し、スリのように巧みに目隠しをはぎ取った。

そして今、それを捨てたのだ。

＊

けれど、アニーはそんなことは知らない。わかっているのは、最悪のタイミングで、ラントが目隠しをしていないということだけだ。心臓も心もバクバクしている。あたし、忘れた？　ちゃんとつけたのをたしかめたよ。ラントがふり落としたのかも。ならまだ舞台裏か、通路にあるはず。アニーはふり返った。走っていって探そうか。まだ時間はある。まだつけられるかも。

「位置について！」審判がいった。

アニーはその場で固まった。

＊

「興味深い展開だね、カミラ。アニー嬢は決勝では目隠しをつけないと決めたようだ」

「ラントは大舞台でもあがらないと、自信が持てたのでしょうか？」

「かなりのリスクだね、カミラ。だが、三十七秒五二より速く走らなければならないことを考えれば、おどおどしている場合ではないんだろう」

「何かトラブルではないでしょうか、バジル？　目隠しをしていないのは、おそらく作戦ではなかったのではないかと……」

シアラー家のリビングでは、スージーが手をふりまわしていた。

「目隠しを忘れてる！　こんなことになるんじゃないかって思ってたのよ！　ブライア

ン・シアラー、あなたってなんて役立たずなの！　仕事は一つなのに！　コースに出る前に、目隠しを忘れてないか、たしかめてちょうだいっていったのよ！　それなのに！」

ブライアンは舞台裏のテレビ画面を見て、おでこをたたいた。

「たいへんだ」ブライアンはひとりごとをいった。「おれはスージーにパイにされちまう。どういうことだ。ちゃんとつけてたじゃないか」

ブライアンは必死にあたりを見まわした。目隠しはどこかで外れたのだろう。今すぐ見つければ、間に合うかもしれない。ブライアンは犬のベッドやキャリーケース、テーブル、箱、かばん、あらゆるものの下を探したが、出てこなかった。

＊

アニーは審判にいった。

「ラントが目隠しをしていないので、取りにもどってもいいですか？」

審判は首を横にふった。

「それはできません。コースを離れると、自動的に失格になります。位置についてください」

もうやるしかない。

アニーは片ひざをついた。

そしてラントの目の横を両手でおおい、アニーだけが見えるように顔を近づけた。

「だいじょうぶよ、ラント。ほかの人はいない。ラントならできる……やらなくちゃならないの。お願い。家族のためよ。借金を返すため。それにあたしたちのために寄付してくれたみんなのため。もうだれもラントを追いかけてつかまえようなんて人はいないの。みんなあんたのことが大好きなの。今ここではほんの何秒かで終わるけど、勝てばそのあとずっと、ずっとずっと、いいことがあるのよ」

「位置に、ついて！　これで最後ですよ！」

審判は厳しい口調でいった。

アニーはラントから目を離さずに、下がった。

立ち位置を見つけた。

観客は静まり返った。

シアラー家のリビングでも、みんなが静まり返った。学校の講堂でも、パブのゴールデン・フリースでも、アプソンダウンズじゅうの家庭でも。バーナデット・ボックスは指のあいだからのぞいている。ブライアンは探すのをやめ、舞台裏のテレビ画面を見つめた。

大きな胸が上下に動いている。

「がんばれ、ラント」ブライアンがいった。

時間だ。
アニーは魔法の指を天井に向けた。ひざががくがくする。でも、準備はできている。
アニーはラントを見た。ラントもアニーを見ている。
「お願い」アニーがささやいた。
合図を待つ。
三……
二……
一……
「ゴー、ラント！　ゴー！　レッツゴー！　レッツゴー！」
アニーは腕をふり、魔法の指で指示した。観客は大興奮。
ところが、ラントは動かない。
「お願い、ラント！　お願い！　走って！　だいじょうぶ！　ゴー！」
声を限りに叫び、手をふった。
けれど、ラントは動かない。
観客は同情してどよめいた。
アニーは恐ろしさと失望で倒れそうだったが、あきらめるわけにはいかない。

「まだなんとかなる」

アニーは必死の思いでスタートラインへ走った。そして、かがんでラントを抱き上げると、よろめきながらコースの中へ走っていった。観客は仰天した。アニーがスラロームのポールをすり抜けていくのを見て、観客はざわついた。アニーの後ろでは、審判が赤い札を上げた。いくつもの反則を犯していたのだ。けれど、アニーは止まらない。高跳びでは棒にふれながら跳んだ。

観客は味方についた。

「行け、アニー！」

「がんばれ！」

観客は叫び、拍手し、口笛を吹いた。でもアニーには聞こえていない。足がいうことをきく限り速く、時計と競争していた。

「なんという勇気のあるすばらしいお嬢さんなんでしょう」カミラがいった。

「まったくそのとおりだね、カミラ。まったくそのとおりだ」

アプソンダウンズの人々の反応も同じだった。最初はがっかりし、次にびっくりし、今や感動していた。

犬をかかえて走っている女の子、あれはこの町のアニー・シアラーだと誇らしかった。

アプソンダウンズではその時、空気が湿気を帯びてきて、急に寒くなった。弓の弦がきりきりと引かれていくように、見えない力がどんどん強くなっていった。

シアラー牧場の母屋では、スージー・シアラーが手を胸に当てて立ち上がり、いても立ってもいられず、テレビに向かって叫んだ。

「お願いよ、ブライアン！　助けに行って！」

ちょうどその時、地球の反対側でスージーの叫びが聞こえたのか、ブライアン・シアラーが行動に移った。

止めようとするボランティアやイベントスタッフを押しのけて、通路へのゲートを押し開けた。

「どいてくれ！　あれはうちの娘なんだ！」

ブライアンはせかせか、どんどん、ぐいぐい、ずんずん進んで競技場へ入った。

審判は赤の札をふりまわしすぎて、顔も真っ赤になっている。

アニーがトンネルの入口にさしかかった時、ブライアンが追いついた。アニーは立ち止まり、ラントを胸に抱きしめたまま父を見上げた。すべてが終わったとさとった。失敗だ。

「だめだった。勝てなかった」アニーはいった。

ブライアンはひざまずき、片手をアニーにまわした。

「だいじょうぶ。気にするな。だいじょうぶだ」

アニーはラントをおろした。スタジアム全体がしーんとなった。

「あたし……あたし……」

どうしようもなくそういうと、アニーは生まれて初めて、全世界の前で泣き出した。ブライアンはアニーを抱き寄せた。ラントも心配して、アニーの足首をくんくんかぎ、手をぺろぺろなめた。

アニーのあごから涙がこぼれ落ち、床にしたたたった。ぽた。

奇跡

ぽた。ぽた。

「なんか聞こえた？」アプソンダウンズでマックス・シアラーが聞いた。

スージーとドリーはテレビでブライアンとアニーを見ていた。ふたりとも感極まっていたので、マックスの質問すら聞こえなかったし、ましてや変な音なんて聞こえるわけがなかった。

ぽた。ぽたり。ぽたぼたぼたぼた。

マックスはきょろきょろした。

「なんだこれ？」

なんだろうと、マックスは外へ出てみた。

空気はじっとりしていて、気味悪いほど寒い。奇妙な甘いにおいがする。

風車がかすかにギーッと鳴っている。パジャマではだしのまま、マックスは風車を見にいった。髪の毛が逆立って、空に吸いこまれそうだ。

体をそらして上を見たマックスは、口をあんぐりと開けた。

風車の羽根はまったく動いていないのに、雨降らし機がプロペラのようにぐるぐるまわっているのだ。ガタガタしすぎて、今にもはずれて夜の闇の中に飛んでいきそうだ。

そのむこう、遠くのほうでは、分厚い不吉な雲があらわれて、星を一つ残らず隠し、夜に影を落としている。

その黒雲を見ていたマックスは、目を見張るような現象を目撃した。白い光がピカッと走ったのだ。すぐにゴロゴロと大きな音がして地面がゆれた。マックスは足がふるえ、折れた骨が痛んだ。

マックスは生まれて初めて、恐怖を覚えた。

ぽたっ。

何かが目に当たった。

マックスは目をぱちぱちさせて拭き取った。ぬれている。その手をなめ、息をのんだ。

「やったぞ」マックスはささやいた。

＊

家の中では、スージーとドリーが涙を流しながら抱き合っていた。アニーがブライアンの手を取って、競技場から引き上げている。観客が総立ちになり、アニーとラントに惜しみない拍手を送っている。

「アニー、みんながほめてくれてるよ。勇敢だったからね」ドリーがほほえみながらいった。

拍手はどんどん大きくなって、耳をつんざくほどになった。

「拍手の音、大きすぎ！」スージーが声をあげた。

「テレビの音、小さくしとくれ！」ドリーがいった。

スージーはリモコンを向けて音量を小さくしたが、拍手の音は大きいままだ。ふたりはおかしいなと思い、顔を見合わせた。

それから、天井を見上げた。

スージーとドリーは外へ飛び出した。ふたりとも手のひらを上へ向けて、夜空を見上げた。

大粒の雨がふたりの手のひらにボタボタと落ちてきた。乾いた地面にも、ボタボタボタボタボタ。

マックスがかけよってきた。顔がぬれてつるつるしているし、パジャマは雨に当たって水玉もようになっている。

「アニーがやったよ！　どうやったのかは知らないけど、とにかくやったんだ！」

マックスがそういって雨降らし機を指さしたとたん、細く青い稲妻がその雨降らし機を直撃し、花火のような火花を飛ばした。直後に大砲十発くらいの轟音がとどろいた。

シアラー家の面々は首を引っこめ、虹色のニット帽を耳まで引っぱって、こわごわと見上げた。マックスは自分の指を見つめ、ぼく、雷神かも、と思った。

それから静寂が訪れた。

雨降らし機は真っ黒こげになった。金属の部品が、地面にばらばらに落ちている。

すると、雨は突然やんだ。

みんなは体を伸ばし、息を整えた。もうやんでしまったのかとがっかりしていた。

「いったいぜんたい、どうなってるのかね――」

ドッカーン！

また雷鳴が鳴りひびき、ドリーの言葉をさえぎった。

それをきっかけに、空がわれた。

どしゃぶりの大雨が降ってきたのだ。

*

アプソンダウンズじゅうの人々が外へ走り出て、嵐を歓迎した。大雨の中で叫んだり、笑ったり、踊ったりした。

みんなの足元には、きれいな水たまりや流れができていた。そこで飛んだりはねたりして、にこにこ笑った。雨の中でワルツを踊るカップル、叫んだりわめいたり、陽気に歌ったりする人たちも。口を開けて、空から降ってくる雨を直接飲んでいる人もいる。この町にとって、雨はとても貴重なので、バケツにためて飲み水タンクに入れている人もいた。

クローディア・ベロアはやっと髪を洗うことができた。

フィオナ・グラッジは三か月ぶりにシャワーを浴びた。

ハロルド・クロイドンは車庫の外で、愛車のベンツを洗車した。

学校の校庭では、生徒たちが泥の中をすべって遊んでいる。

干上がってひびだらけだった川床には水が満ち、生き生きとしてきた。

雨はまだまだ降りつづいている。アプソンダウンズの町は喜びでいっぱいだ。

だれもかれもが喜んでいる。たった一人をのぞいては。

ダム

アール・ロバート＝バレンはこぶしを握りしめて、屋敷の窓から外を見つめていた。どしゃぶりの大雨だ。

こんなに激しい雨が降ると、自分が造ったダムの水位は急上昇し、土の堤からあふれるだろう。すると堤そのものがくずれ、貯めていた水は丘を流れ落ちていき、下にある町や農場の川や水路やため池を満たすだろう。そんなことになったら、せっかく今まで圧力をかけてきたのに、やつらの土地を手に入れることがむずかしくなってしまう。

そんなふうになってたまるものか。

アールはいらだちながら大またで衣装部屋へ行き、今まで着る必要のなかった黄色いレインコートとゴム長靴を取り出した。

シャクルトンのランタンを下げて、アールは嵐の中へふみ出した。雨が顔を打ちつけ、思わず目を細める。地面がつるつるすべり、よろめきながら歩いた。

すると信じられないことに、ブライアン・シアラーの羊たちが、囲いを壊して逃げ出そうとしているではないか。アールは両手をふりまわして行く手をさえぎろうとしたが、羊たちはどっと押し寄せてきて、夜に散らばっていった。

一匹のメスの羊が、おどろいた拍子に、アールのでっぷりしたおなかめがけて突進してきた。アールはよろけ、びちゃっと音を立てて倒れたが、なんとか立ち上がり、はあはあ息をした。ランタンの炎がちらちらしてきて、だんだん弱くなる。囲いの壊れたところを直そうとたどり着いたころには、羊たちは全部逃げ出していた。

ちくしょう、なんということだとぶつぶついいながら、アールは自分の土地の高いところを目指して、大またで登っていった。横なぐりの雨に打たれて、息をするのにたびたび立ち止まった。

そしてようやく、土の堤のダムにたどり着いた。

アールは堤を登り始めたが、土がゆるんでいて、油のようにすべる。ゴム長靴ではふんばれないし、長靴の中も水がいっぱいで、両足に錨をつけているように重かった。

そこで、四つんばいになって、うめきながら一生懸命に登った。

堤のてっぺんまで登ってみると、恐れていたことが現実となっていた。ダムの水位は満杯で水があふれ、土や砂や岩を押し流していた。アールは必死に手で泥をかき集めて、くずれた部分を補修しようとしたが、水の勢いはどんどん強くなってくる。

アールはランタンを落としてしまった。ランタンは流されていった。真っ暗闇の中で、アールはそれでも堤を直そうとがんばりつづけた。まるで急流の中でかがんで獲物をねらっているハイイログマのようだ。けれど、アールはサケをつかまえようとしているのではない。川をつかまえようとしているのだ。

　アールのまわりの堤がくずれ始めた。大きな土のかたまりがゆるみ、流されていった。流れが強くなるにつれて、堤は弱くなる。アールは水に沈み始めた。流れがどっと押し寄せ、アールは何かにしがみつこうとした。

　その時、アールのまわりの堤は全部くずれて流れ出した。アールはなすすべもなく、襲いかかる大波に飲みこまれた。自然はだれのものでもないのだと気がついたが、時すでにおそかった。

　アールは自分が集めた水という宝物に、自分が飲みこまれてしまったのだ。アールが流されているあいだに、ダムは空っぽになり、水は斜面や谷を流れ下り、本来あるべき川底や小川へともどっていった。

勝者

雨はまだ降りつづいていた。

スージーとマックスとドリーは、ピシャピシャ水をはね返しながら、ずぶぬれで家の中へもどった。

大雨におどろき、うれしくて有頂天になっていたせいで、ロンドンにいるアニーが絶望のどん底にいることをすっかり忘れていたが、テレビを見ると、表彰式が放送されていた。キングスリー・クランペット三世が、ファーガス・フィンクに優勝カップを手わたす。ファーガスはひったくるようにカップをつかむと、頭上に高々とかかげ、甲高い声で笑った。チャリオットもシンプキンズも、表彰台にはいなかった。

「あの金ぴかのばい菌をごらんよ」ドリーが軽蔑するようにいった。

もう観客は残っていなかったので、ファーガス・フィンクに拍手を送る人はいなかったが、ファーガスは自分で自分を盛大に祝っていた。ポケットから紙吹雪を一つかみ取り出し、空中にまいた。

「ファーガス・フィンクにとって、待ちに待った優勝ですね、バジル」

「そのとおりだね、カミラ。かなり満足しているようだ」

「本当に。それはそれとして、今夜のクランペット・ドッグショーでわたしたちの心をわしづかみにしたのは、同じく地球の反対側から来た、もう一組のチームでした」

組織のえらい人や役員やイベントスタッフたちは、もう引き上げている。ボランティアの一人がファーガスに、表彰台からおりるようにていねいに案内しているが、ファーガスは動こうとしない。

一方シアラー牧場のマックスは、ぬれた体をかわかすと、ノートパソコンを開けた。これ以上がまんできない。キーボードをたたいてしばらく待つ。そして画面を見ると、信じられないことが起きていた。

マックスは目をぱちぱちさせ、小さな声でいった。

「うわー」

スージーがふり向き、あやしいわねという顔でいった。

「今度は何をしたの？」

ごみ箱

舞台裏では、アニーとブライアンが落ちこんでいた。

まわりでは、ハンドラーやスタッフたちが荷物をつめて帰る支度をしている。犬たちはキャリーケースの中で眠っている。テーブルはたたまれ、バッグのジッパーはしめられた。

「もう行ける？」アニーが聞いた。

ブライアンはうなずいた。

「忘れ物はないか？」

「ラントの目隠しだけは、どこにあるかわかんないけど」アニーはいった。

ふたりは出口へ向かった。歩いていると、ほかの出場者たちがアニーに向かって、残念だったねとか、よくがんばったねとか声をかけてくれた。

ふたりはロビーに出るスライド式ドアに着いた。ブライアンがストラップのパスを機械に当てると、ドアが開いた。

ロビーは記者やカメラマンでごった返していた。ふつうなら優勝者にインタビューするために競技場にいるはずだ。でもみんな、アニー・シアラーを待っていたのだ。

「出てきた！」一人のレポーターが叫んだ。

　メディアの人たちが押し寄せてきて、マイクやボイスレコーダーやカメラを突きつけた。場所取りで押し合いへし合いし、いっせいに質問し始めた。

「アニーさん、インタビューよろしいですか？」

「シアラーさん！　ドッグ・ジャーナルのロジャー・ビーンです。すごい反響ですね、あなたの――」

「アニーさん！　目隠しはどうしたんですか？　失格になるよと、裏でおどされたんですか？」

「ラジオ・シックスのオードリー・フットです。今夜、障害物に妨害工作がされたらしいといううわさが流れています。何かコメントを」

「アニーさん！　全世界が反応していますよ、あなたの――」

　ブライアンが前へ出て娘をかばった。

「まあまあ、落ち着いてくれ！　そんなにいっぺんに来られても」

　アニーが急いで自分のパスを機械に当て、ふたりはまたドアの中へもどった。

「いったいなんの騒ぎだ？」ブライアンがいった。

　アニーはひざまずいて、ラントがこわがっていないか、興奮していないかたしかめた。

「ほかに出口があるか、探してみよう」アニーはいった。

ふたりは舞台裏へもどり、ほかの出口はないか見わたした。

アニーが指さした。

「あっちにある！　ほら！」

清掃の作業着を着た老人が一人、ごみ箱を持ち上げて、電動カートにくっついている小さなトレーラーに載せている。そしてカートに飛び乗り、ドッグショーセンターの奥深くへ運転していった。

「父さん、早く！　あの人についていこう」アニーがいった。

ふたりはカートを追いかけて、廊下や広い通路を走った。アニーの道具ベルトが脚ではねている。ブライアンは真っ赤になって息をはずませている。

もう少しで見失いそうになりながら、ふたりは大きなシャッターがしまりかけている出口で、小さなカートに追いついた。

大急ぎでシャッターをくぐると、そこは荷物搬入口の外だった。

外は暗くて静かだ。記者やカメラマンはいない。

清掃員は巨大な金属の廃棄物容器の横にカートをとめた。そして重そうにゆっくりと、トレーラーからごみ箱を持ち上げると、廃棄物容器に中身を空けた。

ブライアンはまだハーハーいいながら、清掃員に近づいた。

「手伝いましょう」

老人はおどろいた。

「ひゃあ、びっくりした！　人がいるなんて知らなかった。迷子かい？」

「いや」

ブライアンは老人の肩にやさしく手を置くと、カートへつれていった。

「ここですわってて。こっちはだいじょうぶだから」

「やあ、ありがとう。今日は忙しかった」老人がいった。

ふたりのようすを見ていたアニーは、ウォリーおじいちゃんのことを思い出した。にっこりしたが、さびしくもあった。

アニーもごみ箱の作業を手伝うことにした。ブライアンが一つひとつごみ箱を持ち上げて中身を空け、アニーが空になったごみ箱をトレーラーへもどす。

ブライアンが最後のごみ箱を持ち上げた時、何かがアニーの目をとらえた。

「待って！」

ブライアンはごみ箱をおろし、アニーが中をのぞいた。そして手を伸ばし、ラントの目隠しを取り出した。

ブライアンは口をあんぐり開けて、見つめた。

「なんでこんなところに？」

「わしのせいじゃないよ」老人がいった。

「だ、だれかのしわざだ」と、ブライアン。

アニーは思い返した。競技場への通路で激しくぶつかり、ラントとからみあったあと、ファーガス・フィンクが急にやさしくなったこと。

そういうことだったのか。

「やっとわかった。でももうおそいや」アニーがいった。

「ほんとに残念だったな、アニー」ブライアンがいった。

アニーは目隠しを道具ベルトのいちばん大きなポケットに入れた。するとポケットの奥で、四角くたたんだ紙が押しこまれているのに手がふれた。なんだろうと取り出してみると、すぐに思い出した。ウォリーおじいちゃんの日記の最後のページ。アニーが日記帳から破いたものだった。

「なんだ、それ？」ブライアンが聞いた。

アニーは答えられない。

ブライアンは心配になった。

「おい、だいじょうぶか？」

その時、アニーはひらめいた。今まででいちばんすばらしいアイデアを。

「オーストラリアへ帰る前に、父さんに見てもらいたいところがあるの。リストにはないけど、そこのことは本で読んで知ってる。ここからそんなに遠くないよ」

ブライアンはうなずいていった。

「よしきた。つれてってくれ」

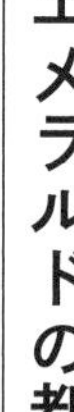

エメラルドの都

王立キュー植物園は、世界一大きな植物園だ。世界中から五万種以上の植物が集められ、展示されている。

アニーはここへ父をつれてきたのだ。

明るい銀色の月の光の中、ふたりはそぞろ歩いた。露にぬれた芝生のむこうには、オークやスギ、ネズ、クログルミ、ジャイアントセコイア、ヨーロッパブナが生えている。ふたりは手入れの行き届いたチューリップやバラやラベンダーやランの花壇と、スイレンの池のわきを歩いた。空気は冷たく甘い香りがする。カエルの声やコオロギの声がする。この植物園をアニーとブライアンがひとり占めしている。あんまり静かで、大都会の真ん中ではなく、自分の家の放牧場にいるかのようだ。

アニーは道が分かれるところで立ち止まった。両方を見て、どっちに行くかすばやく決めた。

「こっちよ」アニーは左の道を行く。

「何があるんだい？」

「すぐわかるよ」

ふたりは舗装された道へ入った。両側にはリンゴの木が花を咲かせている。

すると、目に飛びこんできた。

ブライアンは塀にぶつかったかのように、立ち止まった。魔法にかかったようだ。

「アニー、これは……信じられん」

目の前には、巨大なガラス張りの温室があった。高さ二十メートル、飛行機の格納庫よりも大きい。

「これはテンパレート・ハウスっていうの」アニーは入口へ歩きながら説明した。「約百五十年前に建てられたの。その時には世界でいちばん大きな温室だったのよ。建設には四十年以上かかって、使われたガラスの板は一万五千枚。本にそう書いてあった」

ブライアンはこのおどろくべき建造物を見上げた。鉄骨の骨組みは壮大で美しく、分厚いガラス板はエメラルド色に輝いている。

「うちの温室より、大きいと思うか？」

アニーはにやっと笑って、考えるふりをした。

「まあ、ちょっとはね。測ってみなくちゃわかんないけど」

「そうだな、ちょっとは大きいな」

「この中には一万種類以上の植物があるの」と、アニー。

「ほんとに？」

「ほんと、ほんと」

ブライアンは、すごいなというように口笛を吹いて首をふった。

入ってみたくなったブライアンは、左を見て、右を見た。そして入口に近づき、古いドアの真ちゅうのドアノブをまわそうとした。

けれど、残念ながら鍵がかかっていた。

「まあ、そうだろうな」ブライアンは後ろへ下がった。「やってみる価値はあっただろ？また今度な」

建物と同じく入口のドアも古びている。アニーは鍵穴をのぞいてみた。変な形だ。それでハッとひらめいた。

アニーは道具ベルトを手で探って、運河でつり上げた古い鍵を取り出した。

まさかそんなことはありえないとは思った。ロンドンじゅうの鍵の中で、この鍵がこのドアにぴったり合うなんて、いくらなんでもばかげている。

それでもどうしても期待してしまう。この鍵は手の中であたたかい光を放っているように思えるのだ。

絶対(ぜったい)だめだとわかってはいるが、アニーは胸(むね)をどきどきさせながら、鍵穴(かぎあな)に鍵(かぎ)をさしこんだ。

まわす。

動かない。

鍵(かぎ)を少しゆらすと、鍵穴(かぎあな)のもっと奥(おく)に入って、ぴたっとおさまった。もう一度まわす。

カチャ。

鍵(かぎ)がまわった。

アニーとブライアンは、目を丸くして見つめ合った。

「正直いうと、無理だと思ってたよ」と、ブライアン。

「あたしも。中に入る？　見つかるとやばいかも」

「だいじょうぶ」ブライアンがささやいた。「ちらっと見るだけだから。見つかったらどうなるっていうんだ？　国外退去(たいきょ)か？」

ふたりはこっそり中へ入った。ラントもついてきている。

ホールを通(とお)り抜(ぬ)けると、だだっ広(ぴろ)い吹(ふ)き抜(ぬ)けの空間に出た。息をのむようなガラスの大聖堂(だいせいどう)で、中は緑のオアシスだ。こぎれいな通路の両側は、うっそうとした森になっている。

ヤシの木、シダ、いろいろな低木がある。さまざまな種類や大きさの植物が、調和をたもって育っていることに、ブライアンは感動した。驚異の世界だ。ここは楽園なのだ。

「ほら、これ！　ノウゼンカズラだ！　クンシランもある！　これはマツムシソウ。茶の木。ザクロの木。ベルフラワー、これはきれいだろう？　とっても美しい。うわ、これ見て！」ブライアンは息をのんだ。

ブライアンがひざまずいて指さしたのは、大きなとがった花だった。

「ゴールデン・ロータス・バナナだ」興奮気味にそういうと、においをかいだ。「すばらしい。初めて見たよ。いいにおいがする！」

「それ、バナナ？」

「遠い親せきだな。シアラーの一族だろうがバナナだろうが、親せきにはいろんなやつがいるだろ」

ふたりは観覧エリアへ通じる高いらせん階段の横を通った。やがて温室の中央に出たので、ベンチにすわった。

ブライアンは浅く腰かけ、まさに言葉を失って、きょろきょろ見まわしている。

アニーはラントを見た。ラントはくつろいで満足そう。アニーはレースのことを思い出した。あの絶望感がよみがえり、がっくり肩を落とした。

「みんなが見ていても、できるって思ったんだ」アニーは静かにいった。「目隠ししてなくても走れるって。優勝できるって。ほんとに思ったんだ」

ブライアンはアニーの背中をなでた。

「残念だったな」

ふたりは、くんくんにおいをかぎまわっているラントを見つめた。ブライアンがいった。

「家に帰ったら、また特別コーチとかトレーナーを探そう。それで来年もう一回チャレンジすればいい。いろんなところに電話してみるよ。最高の人材を集めて、ラントをなおせるかやってみよう」

アニーは首をふった。

「なおす必要なんてないよ。ラントは壊れてるわけじゃないもん。ラントは……ラントだよ。それでまちがってない。バーナデット・ボックスはそういいたかったんだけど、その時のあたしは優勝したくてたまらなかったから、ちゃんと聞いていなかった。バーナデットは、犬のモクシーがせまいケースに入れられて長旅をするのをいやがったから、ロンドンへは来なかったの。決して無理強いはしなかったし、ほかの方法を探そうともしなかった。ただ受け入れたの。だってバーナデットにとっては、レースで勝つことよりも、モクシーのほうが大事だったから。モクシーらしくいてほしかったんだって。でもあたしは、ラントにそういうふうにしてこなかった。がんばって変わって、っていってきた。だけど、そんなことしちゃいけなかったのよ。結局すべてがむだになっちゃったし」

「むだ？　むだかね？　アニー・シアラー、どんなにすごいことを成しとげたか考えてもごらん。アニーとラントはオーストラリアのチャンピオンで、クランペット・ドッグショーの決勝に残ったんだ。むだなんかじゃない。すごいことだよ」

「だけど、優勝できなかった。これじゃなんにもならないよ。借金も返せないし、ロバート＝バレンさんにもお金を払えないから、アプソンダウンズから出ていかなくちゃならないでしょ」

　ブライアンは大きくため息をついた。

「おまえはそのためにがんばっていたのか？　アニー、それはおまえが背負うことじゃないよ。おれと、おまえの母さんの問題だ。どこに住もうと、アニーとマックスとドリーばあちゃんが安全で幸せで健康でいられるようにすること、それがおれたち夫婦の務めであり、誇りでもある。いいかい、おまえは思慮深く、かしこく、思いやりがある。それはとてもすばらしいことだ。だが、世界中の問題を、その道具ベルトにかかえこむことはないんだ。それに、何もかもをうまくいくようにしなくてもいい。直すものはないかと探してばかりいたら、問題だけが目について、すでにうまくいっているものを見のがしちまう。つまり、今いるところを見るんだ。どこまでやってきたかを見るんだ。アニー、ここは、父さんが初めて来られた本当にすばらしい場所だ。夢(ゆめ)の中にいるみたいだよ。帰ってからの山積みの問題なんか、考えたくない。今はただここにすわって、美しい植物をおまえとながめていたいんだ」

ブライアンはかがんで、足元のサクラソウを指さした。

「時々は立ち止まって、花の香りをかぐといい。変な言い方だが、おまえを見ているとウォリーじいちゃんを思い出すんだ。じいちゃんにも……」ブライアンはせきばらいした。

「じいちゃんにも、同じことをいってやればよかった」

アニーはしばらくじっとすわっていた。

「おじいちゃんはわかってたよ。それに、おじいちゃんも父さんに何かいいたかったみたい」アニーはいった。

ブライアンはうなずいたが、何も答えなかった。

アニーは、道具ベルトの中で、あの四角くたたまれた紙が、早く出してとうずうずしているのを感じた。そこで紙を取り出し、父にわたした。

「なんだい、これ?」ブライアンはそういいながら紙を広げた。

「おじいちゃんが書いたもの」

ブライアンの手がかすかにふるえている。

「暗くてよく見えんな。読んでくれ」ブライアンはささやいた。

巨大な温室の中で月の光に照らされながら、アニーはウォリー・シアラーの最後の日記を声に出して読んだ。ウォリーは最後にブライアンのことを書いていた。

「ブライアンはいい男であり、いい息子だ。だが、自分の行きたい道を歩んでいってほしい。だれもがそうするべきだ」

アニーが顔を上げると、父は泣いていたが、悲しい顔でもなく、がっかりしている顔でもない。父が泣いているのを見たことがなかったので、どうしていいか、なんと声をかければいいのか、どうすればうまくいくのかわからなかった。

アニーは父の大きな手に、自分の手を重ねた。

ふたりは並んですわったまま、沈黙を味わった。

「なあ、アニー」やっとブライアンが口を開いた。「おれは長いあいだ、自分じゃない人間にならなくちゃと思ってきた。それもやっぱりだめなことだな」

ブライアンは娘を両手でぎゅっと抱きしめていった。

「ありがとう」

その時、ブライアンのポケットがふるえ始めた。その夜ずっと音を消していた携帯電話が、振動しているのだ。ブライアンが携帯電話を取り出した。

「おまえの母さんだ。なんてこった、三十回も来てたよ。もう出なくちゃならんだろうな？」

「あんまりがっかりしてなきゃいいんだけど」

ブライアンはビデオ通話に出た。

画面いっぱいに、スージー、ドリー、マックスの顔が並んでいる。みんな髪がぬれていて、アニーがおどろいたことに、三人ともにこにこしている。

「なんでみんなびしょぬれなんだ？」ブライアンがたずねた。

「雨が降ってるから！」みんながいっせいに叫んだ。

「なんだって？」

「うまくいったんだよ、アニー！　雨降らし機、大成功！　大嵐になったんだ！」マックスがいった。

ブライアンはアニーに目をやった。

「なんのことだ？」

「ほんとに雨が降ってるの？　やさしいうそじゃなくて？」と、アニー。

「ザーザー降りさ！」ドリーがいった。「こんなどしゃ降り、見たことない。飲み水タンクがもういっぱいになったよ！」

「このあたり一帯に、水が行きわたったの。奇跡よ！」スージーがいった。

「それだけじゃないぜ」マックスは誇らしげにいうと、ノートパソコンをかかげた。「アニー、ネットで大バズりしてるぞ！　まるでウイルスの拡散だ！」

「どういう意味だ？」ブライアンは急に心配になり、アニーのおでこに手を当てて熱を測った。「アニーはだいじょうぶなのか？」

「そのウイルスじゃないよ、ばかだね」と、ドリー。「コンピューター・ウイルスの拡散みたいっていってるんだよ」

「ちょっとよくわかんない」アニーがいった。

そこで、マックスが説明した。

隠れた才能

実は、マックス・シアラーはずっと忙しくしていた。

ウーララマ地区農業フェスティバルで腕を骨折して、家にいなければならなくなって以来、マックスはこっそり動画を撮りつづけていた。

最初の動機は退屈だったから。それからだんだん、だれにも知られないように撮ることにスリルを覚えてきた。三十メートルの棒から飛び降りることと、まったく同じ快感というわけではないが、すぐに夢中になったのだ。

マックスは、廃棄物で作った練習コースで訓練するアニーとラントを撮った。だれも見ていない時に、ラントが障害物やスタントで発揮する能力にはびっくりした。羊の群れを上手に集めるラントも撮った。マッシュ社のドッグフードをがつがつ食べるラント、そしてドッグフードの空き缶の山も撮った。アニーのひざに頭をのせて休んでいるラント。アニーの行くところ、どこにでもついていくラント。全国大会で優勝したラント。そのあとその会場から飛び出して逃げていったラント。

ほかにもいろいろ撮った。

革のジャケットが脱げなくなってしまったブライアン。

玄関で、この牧場を取り上げるとおどしているアール・ロバート＝バレン。

アプソンダウンズの、乾いてひびの入った川床。空き家になった家や店や、だれもいない農場。使われていない鉄道の駅。ぼろぼろになったビッグ・ラムの銅像。〈売り物件〉の看板。

アニーとラントをロンドンへ送りこむための募金活動。

虹色のニット帽を編むスージー。

ただ一つ撮れなかったのは、自分自身だけだった。

マックス・シアラーはあらゆる瞬間を動画に収めた。それはとくに理由はなかったのだが、ある時、この動画を編集してつなぎ合わせれば、一つのドキュメンタリーができると思い立った。妹とすばらしい犬ラントの物語。自分の家族と、アプソンダウンズの町と、そこに住む人々の物語だ。

編集してまとめるのには何日もかかった。アニーとラントがクランペット・ドッグショーの決勝に登場する直前に、動画はやっとできあがり、自分のユーチューブのチャンネルに投稿して公開した。

ラントのスタント以外、この動画には目を引くできごとも命知らずの挑戦もないので、そんなに視聴回数は伸びないだろうと思っていた。でも、マックスは魂をこめて、熱心に作業したのだから、数人でも見てくれたらいいなと期待していた。

そのあとどんなことが起こるのか、マックスは想像もできなかったのだ。

＊

「何人が見たって？」アニーが聞いた。

「一千万人」マックスはくり返した。「たったの二、三時間でだよ。びっくり仰天だよ。あらゆるところにシェアされてさ。どんどん拡散されてるんだ！」

「それだけじゃないよ」と、ドリー。

「電話が鳴りやまないの」スージーがいった。「世界中のテレビ局、ラジオ局、新聞社からの電話。スウェーデンやアルゼンチンや韓国やジンバブエの。みんな、アニーにインタビューしたいって！　アニーとラントの大ファンで、今夜何があったのか、話してほしいんですって」

「もっとすごいことがあるよ！」ドリーはいいたくてたまらないようすだ。

「なんだい？」ブライアンがいった。

スージーが大きく息を吸いこんだ。

「ドッグフードのマッシュ社のアンガス・フランクリン社長からメールが来たの。今夜の決勝を見にいっていたそうよ。それからマックスの動画も見たんですって。それで、ラントにマッシュ社の専属モデルになってほしいんですって。ドッグフードのラベルや、CMや、イベントや、公式行事や、そういうところに出てほしいって。お礼として、ラントにはマッシュ社のドッグフードを一生分くれるし、アニーには……」

スージーはあまりのことに、声が小さくなった。

「大金をくれるんですって」

「借金を返せるくらい？」アニーは静かにたずねた。

スージーはうなずいた。

ブライアンは、おどろいて言葉を失っているアニーを見た。

「あとでまたかけなおすよ」

「ええ、わかったわ」スージーがいった。

「愛してるよ、アニー！」ドリーがいった。

「家族の誇りよ！」スージーがいった。

携帯電話の画面が消えた。

ふたりはまた暗闇の中にもどった。ブライアンは目が慣れると、ラントがアニーの足元にすわっているのが見えた。世界一有名な犬になったことなど知らず、アニーをじっと見上げている。

「おい、ラント。みんなに見られることに慣れなくちゃいかんぞ」ブライアンはいった。

アニーの頭はぐるぐるまわっていた。

ロンドンの巨大な温室にのんびりすわっているあいだに、アプソンダウンズに雨が降り、牧場が元どおりになって、世界中の人に自分が知れわたり、ラントは食べきれないほどのマッシュ社のドッグフードをもらえることになった。そんなこと、とても信じられない。

アニーがくり返し考えているのは、みんなが隠れた才能を使って、それぞれのやり方で助けてくれたんだということ。

父さんのいうことはきっと正しい。アニーが一人ですべてをなんとかしようと、かかえこむことはないんだ。なんといったって、チーム・シアラーの一員として、みんなといっしょに何かするほうがずっと楽しい。

アニーは、ウォリーおじいちゃんが後悔していたことを思い出した。愛する家族ともっといっしょに過ごせばよかったと書いてあったのだ。

アニーは立ち上がった。

最後にすることが一つ。

後ろに手をまわして、すり切れた革の道具ベルトをカチッと外した。これを外すと、とても身軽になった。
アニーは道具ベルトを父にわたした。
「こんな重いものは、もういらない」アニー・シアラーはそういった。

再びアプソンダウンズへ

すべてがすごい速さで変わっていった。
アプソンダウンズでは雨がやみ、大きな川も小さな川も、いっぱいに水をたたえて流れていた。地面からは草の芽が顔を出した。花々や野生生物ももどってきた。人々ももどってきた。

＊

アール・ロバート＝バレンがいなくなったという、ふしぎなうわさが飛びかっていた。嵐の夜以来、だれも姿を見ていないのだ。ダンカン・ベイリーフ巡査は周辺を捜したり、地元の住民に聞きこみをしたりしたが、アールが突然いなくなった理由を知る者はいなかった。

そのうちに、アールは税金を滞納したとして、地方議会がアールの土地やたくさんの財産の価値を査定した。負債はどんどんふくらんだ。アールには家族や友人はおらず、遺言書もなく、法定代理人もいないので、アールの土地とアールがこれまでに買い取った農場は、アプソンダウンズのある州のものになった。

そしてアプソンダウンズの町民会議で、農場を手離した人たちにもどってきてもらうことが、全員一致で決まった。

アールの広大な土地を維持するのにもお金がかかるので、屋敷を博物館にして、アールが集めた収集品を一般公開することになった。値段のつけられない絵画や、めずらしい装飾品、歴史的な工芸品、本、楽器、宝石などが展示された。見に行きたい人はだれでも、行って鑑賞できるようになった。

長いあいだしまいこまれていたアールの収集品は、すぐに、世界でもっともすばらしく価値のあるものという評価を受けた。この博物館は絶対に行くべき観光地となった。世界中から人々がやってきて、屋敷内を散策し、たぐいまれな展示品に称賛の声をあげた。

*

地図から消えていたアプソンダウンズは、また地図に載るようになった。

鉄道の駅は改装された。公会堂も再開された。大通りにはにぎやかに人や車が行きかうようになった。商店街も活気づき、空き店舗は一軒もなくなった。美容室、カフェ、レストラン、書店、荒物屋、銀行などがある。中でも大人気になった店があり、その店自体が町の有名スポットとなった。

店の主人は、スージー・シアラー。

店の名前は〈ナンデモパイ〉。でも安心してほしい。お菓子やパイやそのほかの食べ物は売っていないので。

スージーは常々、自分の作るパイはまずいんじゃないかと思っていたが、家族がほめてくれるのに気をよくして、自分の味覚のほうがおかしいんだと思ってきた。ところが本当のことをいったのはアニーだけだった、ということがわかったのだ。

スージーは、もう特価品を求めてスーパーマーケットを探しまわることはしなくなり、本当は料理なんかきらいだったんだと認めた。もう二度とパイは作らない、いや、二度と台所に足をふみ入れないと誓ったのだ。

それよりも大好きなことをするのに大忙しだった。〈ナンデモパイ〉は、スージー・シアラーの洋服ブランドになったのである。

スージーは、ブライアンの古い革のジャケットからラントの目隠しを作ったことで、裁縫が大好きだったということを思い出した。そこで、しまいこんでいた古着の山に注目し、はさみで切ったり、組み合わせたり、縫ったり、ふち飾りをつけたりして、古い衣類を最新ファッションによみがえらせた。スージーが考えてデザインしなおした服で、店はいっぱいになった。どの服もとてもユニークで、注文に追いつけないほど人気になった。

*

アプソンダウンズを訪れてすっかり気に入り、住みついてしまう人も出てきた。町はどんどん大きくなった。

クリケットクラブ、サッカークラブ、テニスクラブ、ゴルフクラブ、ボウリングクラブ、バドミントンクラブ、トランプのブリッジクラブ、ダーツクラブ、ボクシングジム、アマチュア劇団、聖歌隊、ダンスホール、すべてが再開して、ドリー・シアラーが全部の責任者になった。また社会とつながって忙しくなり、勝負事もできるようになって、ドリーは幸せだった。

けれど、一つだけ足りないものがある。

ドリー・シアラーはまだ恋人募集中なのだった。

*

ビッグ・ラムの銅像はペンキでぬりなおされ、折れていた角と取れていた目玉は修理された。ビッグ・ラムは雲のように堂々と立っている。ところが、最近アプソンダウンズには、もっと人の目を引くランドマークができたのだ。

ビッグ・ラムのすぐ横に、もっとずっと小さな銅像がある。

実物大だ。

それはラントという名の犬のブロンズ像。ラントがみんなに見られるといつもそうするように、身動きもせずにすわっている。

ゴージャス・ジョージと同じように、ラントの胸をさわると幸運がやってくると思われている。

ラントの銅像を最初に訪れた人の中に、ダンカン・ベイリーフ巡査がいた。巡査は折れた輪なわの棒を、うやうやしく像の足元に置き、二度と輪なわを使わなかった。とうとう敗北を認めたのだ。

また別のなじみのある顔が、ラントに敬意を表し、おわびをするためにやってきた。その人は輪なわの棒を置く代わりに、つけまゆ毛とつけひげを銅像の台に置いた。シンプキンズだった。深々と頭を下げ、ラントとアニーにあやまった。ふたりがそこで聞いているわけではなかったけれど。

シンプキンズはもうファーガス・フィンクにやとわれてはいなかった。実際、ファーガスと仕事をしようなんていう人間は、今後はあらわれないだろう。

あの日のロンドンでは、シンプキンズが妨害用の香水の瓶の入った書類かばんを、クランペット・ドッグショー公正倫理委員会にわたして、ファーガス・フィンクがおこなったことを説明すると、委員会はすみやかに行動した。

ファーガスはいつまでも勝利を喜んではいられなかった。表彰台からおりたとたん、ファーガスは審判部の部屋へつれていかれた。そして、キングスリー・クランペット三世からの裁定を受けた。ファーガス・フィンクは、コースの損傷、競技の妨害、ハンドラーにあるまじき行為の罪に問われた。すべての容疑に有罪判決を受けたファーガスは、グランド・チャンピオンのタイトルを剥奪され、犬にかかわるすべてのイベントで競技することを、永遠に禁止された。

ファーガスはわめきちらした。わけのわからないことをいった。否定した。懇願した。法的手段に出るとおどした。足をふみならし、こぶしをふりまわした。自分は残酷な陰謀の犠牲者だといった。ついには優勝カップをかかえて、部屋から逃げ出そうとしたが、ドアノブにケープが引っかかり、取り押さえられた。

このことは公式に発表された。フィンク家の王朝の終焉である。ファーガスは自分の名前に泥をぬった。家系から追放されたのだ。

ファーガスは王立ドッグショーセンターから追い出されると、カメラのフラッシュや、記者から浴びせられる質問をさけて、生まれて初めて顔を隠した。そして逃げ出して二度ともどらなかった。トロフィーよりもずっと大事なものをあとに残して。

暗い片すみのキャリーケースには、真のチャンピオンがいた。チャリオットという名のウィペット犬だ。ほかのハンドラーたちやトレーナーたちが、犬たちをつれて去っていくのを見ていた。チャリオットはひとりぼっちになり、忘れられていた。

すると突然、キャリーケースが持ち上げられた。チャリオットはこわくてくんくん鳴いた。ところがその時、格子のすきまから顔がのぞいた。大好きな親友シンプキンズだ。シンプキンズは、チャリオットを置いていくことができなかったのだ。

ふたりはこれからもずっといっしょだ。

ロンドン以来、チャリオットはもうトンネルをくぐったり、タイヤの中を飛んだりしていない。幸せに引退したのだ。キャリーケースは捨てられて、チャリオットは今ではシンプキンズとともに、郊外の静かな小さい家で暮らしている。ソファーの上で、シンプキンズのひざにもたれるのが好きだ。裏口のドアには犬用の小さなとびらがついていて、好きな時に外へ出たり、太陽を浴びて寝そべったりできる。ふたりはいっしょに冒険に出かけることもある。海岸へ。川へ。山や森へ。そしてアプソンダウンズへ。

シンプキンズがラントの像の胸に手を当てているあいだ、チャリオットは横で誇らしげにすわっていた。

*

シアラー家の道のむこうには、もう一つ公共の施設ができた。

使われていない土地が、地域の植物園に生まれ変わったのだ。そこでは異国情緒あふれる魅力的な植物が、たくさん育っている。

ウォリー・シアラー記念公園と名付けられた。

入口には、中へ通じる遊歩道のわきに小さな飾り板があって、こう書いてある。

「だれもが自分の行きたい道を歩めばいい」と。

植物園の中央には、奇妙な彫刻があり、見た人はみんなふしぎな顔をする。

とくに美しいというわけではない。芸術的でもない。役に立ちそうもない。

廃材で作られたように見える。外枠は丸く、そのまわりにブリキの缶がいくつもついている。丸い枠の真ん中は、金属の箱とつながっている。風が強い日には、丸い枠がキーキーいいながら回転する。

けれど、まったく風のない日でも、丸い枠がまわる音がするという人がいる。枠が自分の力で、ぶんぶんまわっているのを感じる、と。

でもふり向くと、ふしぎなことに、いつだってぴくりとも動いていないのだった。

新しいアニー

アニー・シアラーはまだアプソンダウンズの町にいる。

今日、アニーは十二歳になったが、やはり背は低い。茶色い髪と茶色い目も変わらない。

両親と兄と祖母のドリーと、牧場に住んでいる。

あいかわらずアニーはちょっと変わっていると、アプソンダウンズの人々は思っている。

でもアニーのことが大好きだ。

どんな人にも個性があり、だからこそ世の中はおもしろくなると、みんなわかってきたからだ。

アニー・シアラーには友だちがたくさんいるが、やっぱり一人でいるほうが楽しい。大好きな相棒はあいかわらず犬であり、その名はラントなのである。

アニーとラントは、まだ世界的に有名なままだ。

マッシュ社のドッグフードのテレビコマーシャルは、百か国以上で流れている。

コマーシャルでは、ふたりは満員のスタジアムでレースにのぞもうとしている。ラントは白いスタートラインの後ろに立っている。毛並みはつやつや、顔には目隠し。アニーは紫色のポロシャツ姿。合図が鳴ると、アニーはラントに手をふるが、ラントは動かない。観客はがっかりしてうめき声をあげる。すると、アニーは道具ベルトのポケットからマッシュ社のドッグフード缶を取り出し、ふたをパッカンと開ける。ラントは耳をそばだてて一気に走り出し、新記録でコースをまわる。

ゴールで待っていたのは、ボウルに入った、光沢のあるおいしい肉のかたまり。ラントがごちそうを食べているあいだに、アニーは大きなトロフィーをかかえていうのだ。「ワンちゃんはみんな、マッシュにダッシュ！」

これを撮るのには、大きなスタジオでまる四日もかかった。カメラマンは黒いシートに隠れなければならなかった。そうしないとラントは動かないからだ。

マックス・シアラーはずっと撮影現場にいて、うっとりと作業を見つめていた。スタッフを質問攻めにしたり、自分のカメラで一部始終を撮ったりしていた。

あの動画が大いにバズったあと、マックスの野望はスタントから別のものに移った。今では世界の危険な場所を訪れて、パンチのきいたドキュメンタリーを作るジャーナリストになりたいと思っている。時間があれば、はでな爆破シーン満載のアクション映画を撮りたいとも思っている。

ラントは映画スターのような人気者だ。看板やポスターや印刷広告にたくさん載った。

ラントが使われた商品は幅広く、冷蔵庫用マグネット、タオル、犬用のおやつ、かむおもちゃ、帽子、Tシャツ、犬の服、フリスビー、ラントのアクション人形まで出た。

今やあらゆるドッグフードのラベルに顔が載っているラントだが、あいかわらずマッシュ社のドッグフードを食べつづけている。いちばんのお気に入りだ。

ラントにとって、この味は愛であり、やさしさであり、居場所なのだ。少しは肉の味もするしね。

またレースに出てほしいという要望や、イベントへの参加依頼は引きも切らなかった。キングスリー・クランペット三世はじきじきに、アニーとラントを生涯クランペット・ドッグショーに招待したいといってきた。

アニーはそれらをすべて断った。有名になりたいなんて思っていなかったからだ。手放さなくてすんだこの家にいたいだけだった。

ここはアニーとラントがいちばん幸せでいられる場所であり、アニーが誕生日に望んだことは、家にいたいということだけだった。

*

「アニー！」

外で父が呼んでいる。

「アニー！　どこだ？」

アニーとラントが外へ出ると、明るくさわやかな朝だった。

シアラー農場は、最近ずいぶん様変わりした。もう羊はいない。羊たちは道のむこう側の、アール・ロバート＝バレンの土地に住みついてしまい、ブライアンはあえて集めなかった。

というのも、ブライアンはもう羊牧場をやめたからだ。

放牧場だったところは、今では花や低木や苗木や若木や大木で、豊かに青々としている。ブライアンの苗床は、チョウやトンボやハチや鳥でいっぱいだ。まだ同じ温室で、実験したり工夫したりしているが、ドアに鍵はかかっていない。

植物にちょっと興味がある人なら、ブライアン・シアラーを知らない人はいない。ブライアンの創造性豊かな植物は、全国大会で何度も優勝した。

そしてウォリー・シアラーと同じく、ブライアンは本当にすばらしい、尊敬できる、と仲間うちでは評判になっている。それにしても、どうやってあんなすばらしい植物を育てられるんだろうと、仲間たちはふしぎでたまらなかった。

おもしろいことに、ブライアンの秘密の手法は、ウォリーとまったく同じだった。

ブライアンはこう考えた。健康な葉と強い茎、あざやかな花、甘い果実、みずみずしい野菜、おいしい種やナッツ、こういう植物こそ、幸せな植物なのだと。

ウォリーの羊と同様に、ブライアンの植物も、ブライアンとの付き合いを本当に楽しんでいる。

ブライアンは植物に話しかけ、励まし、たまには歌も歌って聞かせる。植物は音楽が好きだからだ。もっとも、ブライアンの歌は調子っぱずれではあったけれど。このあいだは、ウォリーの古い蓄音機のほこりを吹き飛ばし、音楽をかけた。

奇抜だとか、型破りだとか、おかしいとかいわれることもある。天才といわれることも。ウォリー・シアラーがいわれたことを、そっくりそのままブライアンもいわれているのだが、ブライアンは我が道を行き、植物と同じように幸せなのだ。

＊

「アニー！」

ブライアンは何を騒いでいるのだろうと、家族が全員出てきた。

温室から出てきたブライアンは、後ろ手に何かかかえている。

「プレゼントはいらないっていうのはわかってる。だがな、こいつはちと特別だから、どうしても見せたくてな」

隠していたものを前に持ってくると、それは奇妙な植物だった。下に大きな葉が一枚。

節のある茎には、丸い球が六つついている。ブライアンは得意そうに目を輝かせている。

家族はみんなぽかんと見つめるばかり。

「こんなみにくい植物、見たことないね」ドリーがいった。

「オーキデイシー・アニエウスだ」ブライアンはそういいながら、アニーにわたした。

「どういう意味？」マックスは聞きながら、もちろん撮影している。

「〈アニーのラン〉て意味だ。アニーが生まれた年にこれを他家受粉させて、ずっと世話していたんだ。この花のペースで育ってきたけれど、今日見たら——ほら」

ブライアンは球の先を指さした。てっぺんがかすかにわれている。花が咲きそうだ。

アニーはのぞきこんだ。

「どんな花なのかな？」

「わからん。それが楽しみなんだ」と、ブライアン。

アニーはにっこり笑いながら、奇妙な節だらけの植物をうやうやしくかかげた。

「ありがとう。すごくきれい」

「そうかね？」ドリーがいった。

「だれか来たわ」スージーが目を向けた先に、一台の古い車が、茶色い土けむりをまき上げながら、農場の道をすごいスピードでボンボンはずんで走ってくる。

シアラー家の家族は母屋の外に集まった。車はすべりながら急ブレーキをかけたが、肥料をつんだ手押し車にぶつかり、家族はあとずさりした。

土ぼこりが茶色い霧のように車をおおった。

「ごめんなさい！　古い車を運転するコツを、まだつかんでいなくて！」

アニーはすぐにその声がだれだかわかり、パッと顔を輝かせた。

「バーナデットさん！」と大声でいった。

土ぼこりが落ち着くと、バーナデット・ボックスががたがたの古い車からおりてきた。

「来てくれないかなって、思ってました！　絵はがき届きましたか？」アニーがいった。

「ええ、もちろん。うかがうのが延び延びになってしまって申し訳ない。でもね、あの時あなたと話したことが、とても楽しかったの。それと、これを紹介したくて来たのよ」

バーナデットは車のドアを開け、じっと待った。

かなり時間がたってから、牧羊犬種であるキャトル・ドッグの子犬が車から飛び出し、ひっくり返った。子犬は立ち上がって頭をぶるぶるふった。耳がぱたぱたしている。それから首をかしげて、おとなしくバーナデットのブーツの横にすわった。

スージーはとろけそうになった。

「こんなかわいい子犬、見たことがないわ。あ、気を悪くしないでね、ラント」

ラントは気にしていない。

「アニーって名前にしたの」バーナデットがいった。

「まあ、ほんとに？」スージーはますますとろけている。

「ほんとにアニーってつけたんですか？」アニーがたずねた。

「ええ、この子はがまん強くて、やさしいから。それに意志(いし)が強くて、おとなしくて、かしこくて、思いがけないことをするの。それであなたのことを思い出したってわけ」

ふだんはほかの犬を警戒(けいかい)するラントは、子犬のそばへ寄(よ)って、くんくんにおいをかいだ。

子犬のアニーはごろんとあおむけに転がり、小さな足をばたばたさせた。

「動物管理局のおりから救(すく)い出したのよ。その時から、わたしのそばを片時(かたとき)も離(はな)れないわ。わたしたちはもういい友だちになったの。それに、ここでも友だちができたみたいね！」

二匹(ひき)の犬はさっそく遊び始めた。子犬のアニーはキャンキャン鳴いて追いかける。ラントはぐるぐるまわったり、身をかわしたり、しっぽをふったりしている。

「元気がありあまっているの。なんでもかんじゃって――」

バーナデットは言葉の途中(とちゅう)で固まった。

ドリー・シアラーに初めて気がついたのだ。

時間が止まってしまったようだ。また空中に電気が走った。

バーナデットは急にうろたえて、遠慮(えんりょ)がちになった。はずかしそうに視線(しせん)を落とし、小さな声でいった。

「あの、こんにちは。あなたはドリーですよね」

ドリーは答えなかった。ドリーにも何か特別なことが起こったらしい。

ドリーはぼうぜんとしてバーナデットを見つめていた。おどろきすぎて、体がふらふらしている。

〈不死身のドリー〉も、とうとうノックアウトさせられたのだ。

ドリーは身動きが取れないまま、激(はげ)しくまばたきをした。

「あたし？　ああ、そう。たしかにそうだね」ドリーはやっとのことで口をきいた。

バーナデットは真っ赤になって、おどおどと恥(は)ずかしそうにしゃべった。

「あの、わたし、ボクサデット・バーン、いやその、バーナボックス・バートです」

「バーナデット・ボックスでしょ」アニーが助(たす)け舟(ぶね)を出した。

「ええ、そのとおりです」バーナデットはいった。

ドリーも真っ赤になった。でもおだやかな顔つきで歩み出ると、そっと手をさし出した。

「バーナデット、中でお茶でもいかが？」

「うれしいです」

バーナデットはドリーの腕に自分の腕をからませた。ふたりはひじのところでつながった。

「砂糖はいる？」と、ドリー。

「いいえ、わたしは結構です」

「そうだろうね。あんたはもう十分、甘くなってるみたいだ」ドリーがいった。

バーナデットが笑い、ドリーも笑った。ふたりは母屋へむかって歩き始めた。

スージーとブライアンは顔を見合わせ、まゆを上げながらほほえんだ。

アニーはラントを見た。ラントは新しい友だちと、うれしそうに走りまわっている。今までほかの犬と遊んでいるのを見たことがなかったので、アニーは胸がいっぱいになった。

スージーとブライアンとマックスは、ドリーとバーナデットのあとを歩いた。角を曲がる時、ブライアンが立ち止まってふり向いた。

「おーい、おまえたち、まだそこにいるか？　それとも中に入るか？」ブライアンが大声でいった。「おいで、ラント！　おいで！」

その時、奇跡が起こった。

ラントの耳がぴくっと立った。そして、アニーの横を通りすぎ、ブライアンと母屋のほうへトコトコと歩き出したのだ。ブライアンはびっくりした。ついに、ついに、ラントが自分のいうことを聞いたんだ！

みんなはアニーが来るのを待っている。アニーはラントが心を開いてくれたのが、ただただうれしくて、思わず声をあげて笑い出した。

クレイグ・シルビー

西オーストラリア州出身。作家、音楽家、脚本家。『Jasper Jones』(2009年)は2017年に映画化。本作『RUNT』も、2023年オーストラリア児童図書賞ほか多数の賞を受賞し、2024年に映画化された。

田中奈津子（たなかなつこ）

東京都出身。翻訳家。東京外国語大学英米語学科卒。『はるかなるアフガニスタン』(講談社)が第59回青少年読書感想文全国コンクール課題図書に選出。そのほか『水平線のかなたに』(講談社)など。

ラント!

2025年2月4日 初版発行

作 クレイグ・シルビー
訳 田中奈津子

発行者 吉川廣通
発行所 株式会社静山社
〒102-0073 東京都千代田区九段北1-15-15 電話 03-5210-7221
https://www.sayzansha.com

印刷・製本 中央精版印刷株式会社

編集 木内早季

 ISBN 978-4-86389-856-1 Printed in Japan